Benjamin Robineau

L'ALBATROS
ou l'été de mes seize ans

Roman
Avec une postface de l'auteur

© 2024 Benjamin Robineau

Édition : BoD • Books on Demand GmbH, In de Tarpen 42, 22848 Norderstedt (Allemagne)

Impression : Libri Plureos GmbH, Friedensallee 273, 22763 Hamburg (Allemagne)

ISBN : 978-2-3225-5643-4
Dépôt légal : Septembre 2024

Couverture : Benjamin Robineau

Du même auteur

— La légende de Lugh

— Axel et Camille : Les sept grimoires de Cynwrig

— Jon et l'héritage du démon

— Recueil de poésie

— Axel et Camille : Contre le dompteur de monstre.

PRÉFACE

Chères lectrices, chers lecteurs,

Bienvenue dans l'univers de **« L'Albatros ou l'été de mes seize ans »**, un roman qui vous invite à plonger dans les profondeurs tumultueuses de l'amour et de la passion. Écrire cette préface est pour moi un honneur, car elle me permet de vous guider dans une aventure où chaque page révèle un peu plus de la complexité et de la beauté des relations humaines.

« L'Albatros ou l'été de mes seize ans » raconte l'histoire de deux âmes qui, malgré les vents contraires et les tempêtes de la vie, se trouvent et se reconnaissent dans une connexion profonde et indélébile. Comme l'oiseau majestueux qui traverse les océans, nos protagonistes voguent sur les flots de leurs émotions, bravant les hauts et les bas avec une détermination touchante et une vulnérabilité sincère.

À travers cette romance, l'auteur explore des thèmes universels tels que le sacrifice, la rédemption ou la quête de soi. Chaque personnage est finement dessiné, portant en lui les marques de ses expériences passées et les espoirs de ses rêves futurs. Leurs interactions sont autant de miroirs de notre propre humanité, nous rappelant que l'amour, dans toute sa splendeur et sa douleur, est l'essence même de notre existence.

Le voyage que vous vous apprêtez à entreprendre est celui d'un amour qui défie les conventions et transcende les obstacles. Il s'adresse à un public adulte, prêt à embrasser la complexité des sentiments et à se laisser transporter par une écriture à la fois délicate et puissante. L'auteur a su capturer les nuances de chaque émotion, rendant les personnages et leur histoire profondément réalistes et attachants.

Je vous invite à vous laisser porter par les mots, à ressentir chaque battement de cœur, chaque hésitation, chaque éclat de joie et chaque larme. **« L'Albatros ou l'été de mes seize ans »** est plus qu'une simple romance ; c'est une ode à la résilience de l'amour et à la beauté des liens qui se tissent entre les êtres humains.

Que ce livre vous touche autant qu'il m'a touché, et que vous trouviez en ces pages un écho à vos propres expériences et aspirations.

Bonne lecture.

AVANT-PROPOS

Par souci de préservation de l'environnement, le nom du lieu où se déroule l'intrigue a été volontairement dissimulé.

Le nom de certains personnages ou certaines situations ont pu être changés à des fins dramatiques.

L'ALBATROS
ou l'été de mes seize ans

CHAPITRE 1

Alors que la pluie glaciale martèle la vitre, Ben somnole légèrement sur son siège, avec son sac entre les jambes. En essayant de repousser le sommeil, il tourne son regard vers les immeubles gris de la ville illuminée par la lumière orangée des lampadaires qui défilent devant lui pendant que le véhicule accélère.

Ouvrant les yeux, Ben remarque vite que les nuages ont disparu, laissant la place à un ciel bleu et à un soleil si éclatant que sa lumière vive l'aveugle légèrement. Dans un grincement métallique, le train ralentit pour entrer en gare. Se levant de son siège, s'étirant de tout son long, Ben attrape son sac posé par terre, le balance sur l'une de ses épaules et attrape ensuite le second sac qu'il avait posé sur le siège à côté du sien. Faisant quelques pas jusqu'aux portes du train, Ben bâille et attend que ces dernières s'ouvrent totalement, laissant entrer une vague de chaleur intense. Sortant du train, et avançant d'un pas lent sur le quai totalement désert, Ben sent la chaleur se faire encore plus forte sur ses épaules. Traversant le quai, Ben s'arrête un court instant pour regarder le thermomètre accroché sur le mur et qui est encore à l'ombre. Le petit thermomètre en plastique blanc dont la graduation commence à disparaître affiche vingt-neuf degrés. En entrant dans le petit bâtiment de la gare, Ben remarque la présence d'une femme qui essaie de se rafraîchir avec une feuille de papier pliée en éventail et, non loin, le responsable de la gare qui passe un coup de balai. Sans rien dire, Ben traverse la pièce et quitte la gare.

De retour en plein soleil, Ben observe de part et d'autre de la rue qui est déserte en ce milieu de matinée, et non loin, à l'ombre d'un arbre, une femme sort de sa voiture et lui fait un

grand signe de la main. Promptement, Ben s'avance sur la chaussée et rejoint la voiture et la femme qui lui dit d'une voix enjouée :
— Bonjour, Ben, ton train est arrivé en avance. Un peu plus et tu aurais dû m'attendre !
— Bonjour, tante Emma.
— Pose tes sacs à l'arrière, déclare tante Emma en remontant à bord de la voiture.
S'exécutant, Ben jette ses sacs sur la banquette arrière de la voiture climatisée. Montant à l'avant sur le siège passager, Ben savoure la fraîcheur de l'habitacle avant de demander :
— La température est comme ça depuis longtemps ?
— Au moins deux semaines, mais on a de la chance, la température est en baisse depuis deux, trois jours.
— Hum…
— Ne t'inquiète pas, j'ai tout prévu. Le matin, vous ferez les travaux de rénovation, et l'après-midi, vous pourrez aller à la plage.
— Comment ça, « vous » ?
— Oh ! C'est vrai, je ne t'avais pas dit. Al a accepté de venir t'aider pour se faire un peu d'argent de poche.
— C'est qui ?

— Comment ça, c'est qui ? Mais voyons, vous vous êtes déjà rencontrés.
— Ah bon ?
— Oui, c'était il y a quelques années, mais vous vous étiez même très bien entendu.
— Je n'en ai pas le moindre souvenir.
— Mais si. Souviens-toi, on vous avait même retrouvés cul nu dans la chambre ! s'exclame joyeusement Emma, avant de se mettre à rire.
— Non, ça ne me dit vraiment rien, rétorque Ben avant d'entendre sa tante lui dire :
— Oui, c'est beau, la mémoire sélective.

Ne disant rien de plus, Ben fouille sans succès dans sa mémoire, à la recherche d'un quelconque souvenir de ce garçon nommé Al.

Progressivement, la voiture quitte la petite ville et arrive en peu de temps devant la maison isolée de la tante Emma. La maison à étage, à la façade légèrement décrépite, est entourée d'arbres aux épais feuillages. Doucement, la voiture s'arrête devant la maison et, à regret, Ben, tout comme la tante Emma, quitte la fraîcheur de l'habitacle pour la chaleur brûlante de l'extérieur. Attrapant rapidement ses sacs, Ben espère entrer rapidement dans la maison, mais voit sa tante contourner la maison pour se rendre dans le jardin. La suivant avec ses deux sacs à bout de bras, Ben contourne la maison et redécouvre le jardin qui accueillera bientôt toute la famille pour les vacances d'été.

Un peu à l'écart de la maison se trouve un vieil atelier que la tante Emma veut transformer en chambre d'amis. Sur le toit, Ben aperçoit un jeune homme occupé à changer une dernière tuile. En remarquant leur présence, il lève une main pour les saluer et descend du toit. S'approchant, Ben remarque vite que Al fait une tête de plus que lui, ce qui le contrarie légèrement. Le sourire éclatant, des cheveux blonds coupés court et des yeux d'un bleu clair, Al s'arrête devant Ben et lui dit :
— Tu as besoin d'aide avec tes bagages ?
— Non, ça va aller. Merci quand même.
En le regardant d'un peu plus près, les souvenirs semblaient remonter progressivement à la surface et Ben se met à rougir, alors que le souvenir d'eux deux dans la chambre sous les combles de la maison lui

revient en tête.

— Ben, tu ferais mieux d'aller poser tes affaires dans la chambre. Moi, je vais aller préparer le déjeuner. Al, tu viens m'aider ? demande tante Emma.

— Le temps d'aller me laver les mains et j'arrive ! s'exclame joyeusement Al en regardant Ben se diriger rapidement vers la maison.

En entrant dans la maison, Ben redécouvre la grande pièce qui combine le salon et la salle à manger. Sur sa gauche, dans un coin, se trouve la cuisine, et sur sa droite un escalier et un petit couloir qui conduit au garage. Montant les marches en bois grinçantes de l'escalier, Ben ne s'arrête pas à l'étage où se trouvent des chambres et la salle de bains, pour aller jusque sous les combles de la maison où se trouve la chambre qu'il utilise chaque fois qu'il vient en vacances chez sa tante. Au sommet des marches en bois, avançant sur le parquet, Ben entre dans la chambre et retrouve les deux petits lits qui occupent une grande partie de l'espace, et dans le fond sous la fenêtre, la vieille télévision avec l'ancienne console de jeux vidéo. Posant ses sacs sur un lit, il remarque vite les affaires de Al posées sur l'autre lit. N'y prêtant aucune intention particulière, Ben quitte rapidement la chambre pour rejoindre sa tante dans la cuisine.

En début d'après-midi, alors que la chaleur se fait difficile à supporter malgré la pénombre qui enveloppe le salon, Ben aperçoit sa tante attraper un petit sac de toile.
— Tante Emma, tu vas quelque part ?
— Le week-end prochain, le village organise un concours de bridge, alors avec les copines, on s'est organisées pour s'entraîner tous les après-midi pour être sûres de gagner le concours.
— Bon bah, bon après-midi, répond Ben.
— Merci, si vous allez à la plage, faites attention.
— D'accord.

Passant par la chambre sous les combles, Ben retrouve Al qui se déshabille pour enfiler son maillot de bain. Le regardant un court instant, Ben, se sentant rougir, se retourne pour fouiller son sac de voyage et se change, et simplement vêtus de leur maillot de bain, ils quittent la maison. Se dirigeant vers le fond du jardin, les garçons passent entre les arbres et trouvent un petit portail en bois qui donne accès à un chemin de terre qui conduit directement à la plage. En quelques minutes, ils quittent l'ombre salvatrice des arbres pour le sable brûlant de la plage. Non loin, les vagues s'échouent paisiblement sur le rivage, et à moins d'un kilomètre devant eux, une petite île couverte d'arbres semble flotter sur l'eau azur de la mer. En écoutant le chant des mouettes au-dessus de leurs têtes, Ben et Al s'installent à l'écart du petit groupe qui occupe un coin de la plage.

Au fil de l'après-midi, Ben et Al se rapprochent l'un de l'autre, partageant des discussions et des rires sous le soleil éclatant. Ils découvrent rapidement qu'ils ont plus en commun qu'ils ne l'avaient cru, des passions partagées pour l'art et la nature, des rêves à réaliser, des souvenirs à créer. Alors que la chaleur devient étouffante, Ben et Al décident d'aller se rafraîchir dans les eaux cristallines de la mer. Courant sur le sable brûlant, vers les vagues rafraîchissantes, ils plongent et s'éclaboussent, alors que leurs rires résonnent comme une mélodie joyeuse dans l'air chaud.

Le soir venu, sortant de la douche simplement vêtu d'une serviette, Ben monte les quelques marches qui le séparent de la chambre sous les combles. En entrant dans la chambre, Ben voit Al allongé sur son lit, un livre entre les mains. S'efforçant d'ignorer sa présence, Ben s'approche de son sac posé sur son lit, mais avant de pouvoir en sortir la moindre affaire, Ben voit Al s'approcher de lui. Nez à nez, ils restent silencieux. Doucement, Ben recule et finit par se coller contre la porte. Dans un mouvement similaire, Al se rapproche de Ben et subitement l'embrasse. Surpris, Ben recule la tête brusquement et se cogne contre la porte. Se retenant de crier sa douleur, se contentant de gémir, Ben s'attrape la tête de ses deux mains et s'accroupit. Prestement, Al s'agenouille et demande :
— Est-ce que ça va ?
— Non ! Pourquoi tu m'as embrassé ?
— Parce que j'en avais envie et que je pensais que tu en avais envie aussi.

— Eh bien, tu as mal pensé, répond Ben en se massant la tête et en se relevant doucement.
— Désolé.
— Ce n'est rien… dit Ben en remontant sa serviette.
— Les garçons, venez dîner ! s'exclame tante Emma depuis le pied de l'escalier.
— On arrive ! répond Al en se relevant.

Croisant le regard de Ben, Al baisse les yeux et sort de la chambre. La porte fermée, Ben hésite à bouger durant un court instant avant de sortir ses affaires de son sac et de s'habiller.

CHAPITRE 2

Se retournant dans son lit, Ben ouvre difficilement les yeux. Essayant de se redresser, il remarque un fin trait de lumière passer entre les volets. Se levant, titubant et bâillant, Ben approche de la fenêtre qui est grande ouverte et bascule le loquet pour ouvrir les volets. Brusquement, la lumière du soleil qui se lève lentement inonde la chambre. Bâillant de nouveau, Ben se retourne et découvre Al entièrement nu et encore endormi, avec une jambe sur le point de tomber par terre. Déglutissant, Ben promène son regard sur le corps endormi de Al, dont chaque détail est sublimé par les rayons du soleil qui glissent sur sa peau. Rougissant, Ben détourne le regard et se concentre sur ses vêtements empilés sur une chaise et s'habille rapidement, avant de sortir de la chambre.

S'arrêtant au sommet des marches de l'escalier, Ben repense à la lumière matinale qui éclairait le corps de Al. Hésitant à faire demi-tour pour le regarder à nouveau, Ben serre les poings et descend les marches de l'escalier.

Arrivé dans la pièce principale de la maison, Ben retrouve tante Emma qui est sur le point de s'installer à table pour prendre son petit-déjeuner.
— Bonjour, Ben. Bien dormi ?
— Bonjour, comme d'habitude.
— Al dort toujours ?
— Euh… Oui, répond Ben en entrant dans la cuisine pour se préparer son petit-déjeuner.
S'installant à table, à côté de sa tante, Ben termine de se réveiller et voit arriver Al, toujours torse nu, qui s'approche doucement de la table. Alors qu'Emma commence à discuter avec Al, elle remarque rapidement que Ben détourne les yeux.

— Ben ? Il s'est passé quelque chose entre vous deux ?
— Non, tout va bien, répond Ben.
— Bien. Alors, pensez bien à refermer les volets avant qu'il ne fasse trop chaud.
— Oui, pas de souci, répond Al en souriant et en jetant un rapide regard à Ben.

Le petit-déjeuner fini, Ben et Al se dirigent doucement vers le vieil atelier au fond du jardin. Ouvrant en grand la porte et les fenêtres, Al étend sur le sol de vieux draps, alors que Ben ouvre un pot de peinture pour repeindre les murs.
— Dis, pour aller plus vite, est-ce que tu accepterais de finir de peindre l'extérieur pendant que je commence à peindre l'intérieur ? propose Al.
— Si tu veux, cela ne me pose pas de problème, répond Ben d'une voix monocorde, tout en attrapant le pot de peinture prévu pour l'extérieur.
Sortant du vieil atelier, Ben entend Al allumer une radio sur une station locale.

Au bout de deux heures, Ben vérifie que son

pan de mur est correctement peint, avant de ramasser ses pinceaux et son pot de peinture et de retourner à l'intérieur de l'atelier, où il retrouve Al qui est à genoux et qui peint la base du mur. Posant le pot de peinture dans un coin et ses pinceaux dans un pot rempli d'eau :
— Tu n'en as pas marre de cette station ? C'est déjà la troisième fois qu'il diffuse cette chanson, déclare Ben en s'approchant de la radio qui est posée par terre.
— Hein ? Euh, non, attends ! C'est la seule station qui fonctionne ! déclare Al.
— Attends, je vais essayer quand même.
Alors que Ben essaye d'attraper la radio, Al le menace de son pinceau plein de peinture.
— Qu'est-ce que tu essaies de faire ? demande Ben incrédule.
— Si tu dérègles la radio, je te recouvre de peinture, menace Al, avec un grand sourire.
Se redressant pour faire face à Al, Ben lui rétorque sur un air de défi :
— Essaie pour voir.
Sans rien dire, Al lève le bras et abat son pinceau sur la tête de Ben. Les cheveux châtains couverts de peinture blanche, Ben sans rien dire attrape un autre pinceau et l'abat

sur Al et l'atteint en pleine poitrine. S'agitant dans tous les sens, se frappant à coups de pinceau et se recouvrant l'un l'autre de peinture, Ben et Al se mettent à rire tout en continuant leur combat.
— On peut savoir ce que vous faites tous les deux ?! s'exclame tante Emma en se tenant dans l'encadrement de la porte.
En entendant la voix de tante Emma, Ben et Al se paralysent avant de regarder dans sa direction et de se mettre à rire.

En ce début d'après-midi, sur la plage, un groupe d'enfants est en train de jouer, supervisé par un trio de mères probablement occupées à se raconter les ragots du moment. À l'écart, allongé sur le sable chaud, Ben, du revers de la main, essuie doucement la transpiration sur son front et entend Al lui dire :
— J'ai une idée.
— À quel sujet ? interroge Ben.
— Et si on nageait jusqu'à la petite île là-bas ?
— Ça fait un peu loin, non ? demande Ben en se redressant pour mieux voir la distance qui les sépare de la petite île.

— T'as peur de ne pas y arriver ? demande Al sur un air de défi.

— Bien sûr que non, rétorque Ben malgré une légère appréhension.

— Alors, tu viens ? dit Al en se levant.

— Je ne sais pas, répond Ben.

— Quoi, tu ne sais pas nager ? demande d'une voix moqueuse Al.

— Bien sûr que si, hier, on a bien nagé ensemble ! rétorque Ben.

— Oui, mais hier, on ne s'est pas vraiment éloignés du rivage. Tu avais sûrement pied, tout du long. Tandis que là, on va aller dans une zone plus profonde, déclare Al en essayant d'avoir une voix inquiétante.

Agacé par l'attitude de Al, Ben s'avance d'un pas rapide et entre progressivement dans l'eau, avant de se retourner vers Al et de lui dire :

— Le dernier arrivé a un gage ?

— Si tu veux. Mais de quel genre ? demande Al en se laissant glisser dans l'eau à côté de Ben.

— Je ne sais pas. On trouvera plus tard.

— D'accord.

Comptant jusqu'à trois, les deux garçons s'élancent dans l'eau. Nageant d'abord côte à côte pendant la première moitié du trajet, Ben essaie d'accélérer pour arriver le premier sur la plage, mais Al se met également à accélérer. Prestement, Al commence à creuser l'écart entre eux. Voulant le rattraper et même le dépasser, Ben essaye d'accélérer, mais en vain. S'épuisant inutilement, Ben voit Al sur le point d'atteindre la plage de la petite île abandonnée. De l'eau jusqu'à la taille, Al continue d'avancer de quelques pas pour assurer sa victoire, avant de se retourner pour voir Ben qui semble en difficulté. Un peu inquiet, Al retourne dans l'eau sans quitter Ben du regard et, en voyant ce dernier battre étrangement des bras, Al plonge dans sa direction. Mettant toutes ses forces dans ses mouvements de nage, Al rejoint Ben et l'aide à se mettre sur le dos pour mieux le ramener sur le rivage. Sortant de l'eau et s'avançant sur le sable brûlant de la plage de l'île déserte, Al demande à Ben :

— Ça va aller ?

— Oui, merci, répond Ben en toussotant et plaquant ses mains sur ses genoux.

Son souffle repris, Ben se redresse et observe en détail la plage de la petite île, surplombée par des arbres imposants. Un peu plus loin, Al se met sous l'ombre d'un arbre. Doucement, Ben marche sur le sable et rejoint Al dont la peau mouillée brille au soleil.

Seul sur cette petite plage déserte, Al regarde au loin, pour s'assurer d'être hors de vue du petit groupe qui est sur l'autre plage, non loin de leur point de départ, et il retire son maillot de bain qu'il laisse tomber sur le sable chaud. Surpris par son comportement, Ben lui demande :

— Tu n'as pas peur que quelqu'un te voie comme ça ?

— Non, et ça m'étonnerait que quelqu'un vienne sur cette île. Car elle est abandonnée depuis plusieurs années.

— Donc, tu as déjà fait ça ?

— Oui, avoue Al avec un large sourire et en s'asseyant sur le sable.

— Bon, comme tu as gagné notre course, tu as le droit de me donner un gage.

— Ce que je veux ?

— Oui, répond Ben un peu hésitant et avec une très légère appréhension.
— Hum… Laisse-moi une seconde. Ah ! Je sais. Retire ton maillot de bain.
— Quoi ?! Pourquoi ?
— C'est ton gage, c'est tout. Et tu verras, on est plus à l'aise comme ça, déclare Al sur le point de s'allonger.

Ne répondant rien, Ben s'exécute et retire son maillot de bain, et en s'asseyant sur le sable, il pose son maillot de bain sur le sable en le gardant tout de même à portée de main. Se contentant de sourire, Al s'allonge sur le sable. S'allongeant sur le dos, Ben souffle doucement, alors que son dos entre en contact avec le sable chaud. Plissant les yeux, bercé par le bruit des vagues, Ben savoure la très fine brise marine qui caresse son corps désormais entièrement nu.

CHAPITRE 3

Marchant sur la route totalement déserte, sous un soleil qui monte progressivement dans le ciel, Ben et Al s'approchent doucement de l'entrée du village. Alors que les volets des maisons sont toujours fermés pour préserver le peu de fraîcheur obtenue durant la nuit, Ben et Al progressent lentement vers le cœur du village et des rares boutiques qui s'ouvrent doucement.

Passant la porte de la quincaillerie, dont le silence ambiant n'est perturbé que par le son du ventilateur, Ben et Al se séparent pour trouver les articles dont ils ont besoin pour terminer les travaux de la chambre d'amis.

Arrivé dans le bon rayon, Ben se met à la recherche des bonnes ampoules. Parcourant les allées de la boutique, Al récupère rapidement ce dont il a besoin pour finir les travaux. Les mains chargées de boîtes de vis, Al s'arrête au coin d'une allée et voit Ben en train d'hésiter entre deux boîtes d'ampoules. En gardant le silence, Al regarde en détail le visage de Ben. Doucement, Al regarde Ben reposer une boîte et tirer sur son tee-shirt pour se faire de l'air. Déglutissant, Al finit par s'approcher, mais avant de pouvoir dire le moindre mot, Ben lui dit :
— J'ai trouvé les ampoules qu'il nous faut. Et toi ?
— Moi aussi, j'ai trouvé ce qu'il nous manquait, répond Al en souriant et en s'approchant encore plus.
À quelques centimètres l'un de l'autre, Ben sent son cœur battre à tout rompre et voit les lèvres de Al s'approcher des siennes. Reculant brusquement d'un pas, Ben regarde dans toutes les directions possibles pour être sûr que personne ne les regarde. Dominant Ben de toute sa hauteur, Al s'approche à nouveau, mais reçoit violemment le plat de la main de

Ben contre ses lèvres et ce dernier, dans un chuchotement, lui dit :
— Pas ici. Viens, on ferait mieux d'y aller.

Se contentant d'afficher un petit sourire, Al suit d'abord du regard puis se met à suivre Ben jusqu'à la caisse avant de reprendre le chemin pour la maison de la tante Emma. De retour à la maison, Al et Ben se dirigent rapidement vers le fond du jardin pour reprendre les travaux là où ils les avaient laissés la veille.

Ses pinceaux nettoyés, Al les sèche et les pose dans un coin avant de se redresser. S'étirant, Al souffle à cause de la chaleur et s'essuie le front d'un revers de la main avant de retirer son tee-shirt. Torse nu, Al savoure l'infime brise marine qui parcourt péniblement le jardin. Jetant un rapide regard vers Ben qui a gardé son tee-shirt, Al se met à sourire malicieusement. Attrapant le seau d'eau, Al, en toute discrétion, s'approche de Ben qui est à genoux, occupé à nettoyer un rouleau de peinture. Le surplombant de toute sa hauteur, Al soulève son seau d'eau et le renverse sur Ben. Totalement détrempé, Ben se relève et en

se tournant hurle à Al :
— Mais pourquoi tu as fait ça ?!
— Bah quoi, ça fait du bien, non ? répond Al en se mettant à rire.

Le tee-shirt collé contre sa peau, Ben pivote brutalement pour attraper son propre seau d'eau et en jeter une partie sur Al qui essaie de s'enfuir en riant. Le pourchassant à travers tout le jardin, Ben, agrippant son seau, riant à gorge déployée, tente à plusieurs reprises de le renverser sur Al qui esquive, dérape sur le sol, mais se prend tout de même quelques éclaboussures. Finalement, en glissant sur de l'herbe mouillée, Al tombe par terre et Ben en profite pour vider ce qui lui reste d'eau à l'intérieur de son seau.

En les entendant rire aux éclats, tante Emma sort de la maison et découvre Ben et Al assis par terre et dégoulinant d'eau.
— Mais, qu'est-ce qui vous est arrivé à tous les deux ?
— Ben a glissé ! déclare rapidement Al tout en continuant de rire.
— Eh bien, ne comptez pas rentrer à la maison

dans cet état. Je vais vous chercher une serviette, déclare tante Emma en retournant dans la maison.
Retirant son tee-shirt imbibé d'eau et le laissant tomber sur la pelouse, Ben, en affichant un très grand sourire, regarde Al.
— Tenez, séchez-vous et allez vous changer. Et ne traînez pas, le déjeuner est presque prêt, annonce tante Emma en leur jetant une serviette.

Se séchant sommairement, Al et Ben entrent dans la maison et se dirigent promptement vers leur chambre pour se changer. Entièrement nu, Ben sort de nouvelles affaires de son sac et sent les bras de Al l'entourer et ses lèvres se poser délicatement sur sa nuque. Frissonnant, malgré la chaleur dégagée par le corps de Al, Ben cherche à lui murmurer quelques mots, mais la voix de tante Emma se fait entendre depuis le pied des escaliers.
— Les garçons ! Venez manger !

Sans rien dire, Al pose à nouveau ses lèvres sur le coup de Ben avant de relâcher son étreinte et de se dépêcher de s'habiller rapidement, imité par Ben qui enfile rapidement des vêtements secs avant de voir sortir de la chambre Al qui lui sourit.

S'installant à table pour le déjeuner, Ben et Al commencent à manger, alors que tante Emma leur demande.
— Dites-moi, les garçons, qu'est-ce que vous prévoyez de faire après le lycée ?
— Aucune idée. Je pense que je me contenterai de trouver un travail, déclare Ben.
— Et toi Al ? demande tante Emma.
— Je pense peut-être continuer mes études, mais je ne sais pas encore dans quel domaine.
— C'est bien de vouloir continuer ses études quand on le peut. Ben, tu devrais prendre exemple sur lui, déclare tante Emma.
— Hum... se contente de répondre Ben en haussant les épaules et en croisant le regard de Al qui affiche un grand sourire.

Arrivé sur la plage de la petite île, Al n'hésite pas un seul instant avant de retirer son maillot de bain, de le jeter sur le sable et de retourner dans l'eau. Alors que Ben regarde faire Al, lui, un peu gêné, fait quelques pas sur le sable.

Regardant tout autour de lui, Ben serre les poings avant de retirer son maillot de bain un peu malgré lui, car il imagine facilement les railleries que pourrait lui lancer Al s'il venait à garder son maillot de bain sur lui. Se tournant vers la mer, Ben s'assoit sur le sable et serre dans son poing son maillot de bain. Sortant de l'eau, Al marche sur le sable et fait face à Ben pour lui dire :
— Tu vas rester au soleil tout l'après-midi ou tu viens nager avec moi ?
S'efforçant de regarder le visage de Al, Ben finit par se lever pour lui faire face et lui répondre :
— D'accord.

Regardant fixement Ben, Al sourit doucement et essaie de prendre la main de Ben, mais alors que leurs mains se frôlent doucement, il se rétracte et recule d'un pas avant de faire volte-face pour retourner dans l'eau. Regardant son maillot de bain, qu'il tient toujours dans sa main, Ben hésite à le remettre avant d'inspirer profondément et d'ouvrir sa main pour le lâcher et le laisser tomber par terre. D'un pas rapide, Ben traverse la plage et plonge dans l'eau.

Après un long moment à nager, Al et Ben, exténués, sortent de l'eau et s'allongent sur le sable. Après quelques minutes, Ben tourne la tête et regarde Al qui a les yeux fermés. Se relevant doucement, Ben promène son regard et observe chaque détail. Ses cheveux blonds mouillés qui collent légèrement sur son front, son nez droit, le très fin duvet sur sa mâchoire. Son torse qui se soulève et retombe lentement, paisiblement, à chacune de ses respirations. Déglutissant, Ben fige son regard, désirant ardemment continuer son exploration visuelle, mais s'arrête en ressentant de la honte à observer le corps de Al sans qu'il s'en rende compte. Alors que son excitation grandit de plus en plus, Ben jette un subreptice regard vers son entrejambe et se met à rougir. Se redressant, pour s'asseoir sur le sable, Ben serre les jambes, mais son regard se tourne à nouveau vers Al qui ouvre les yeux et lui dit :
— La vue te plaît ?
— De quoi tu parles ? demande Ben en feignant d'ignorer le sous-entendu de Al.
— J'ai vu que tu me regardais et tu peux serrer

les jambes autant que tu veux, mais je sais ce que tu essayes de cacher, répond Al en ricanant et se redressant pour s'appuyer sur son bras.
— C'est vraiment n'importe quoi, rétorque Ben.
— Ah oui ? Alors, montre-moi.
— Tu peux toujours rêver, déclare Ben en se levant subitement et en courant vers la mer, avant de plonger dans l'eau.

Savourant la fraîcheur de la nuit, assis sur l'herbe, Ben et Al observent en silence les étoiles qui illuminent le ciel. Alors qu'il bascule la tête en arrière, Ben sent les doigts de Al entrer en contact avec les siens. Feignant de ne pas l'avoir remarqué, Ben continue de regarder les étoiles. Doucement, Al glisse ses doigts entre ceux de Ben et le fixe du regard. Inspirant, se penchant un peu plus vers Ben, Al lui murmure :
— Ben.
Entendant son nom, Ben redresse sa tête et tourne son visage vers Al qui se rapproche encore plus et pose ses lèvres contre les siennes. Relâchant son étreinte, Al plonge son regard dans celui de Ben qui détourne les

yeux.

— Euh… Désolé… dit Al dans un murmure.

Retirant ses doigts, Al sent la main de Ben l'attraper et le tenir fermement. Ne soufflant pas le moindre mot, ne regardant pas Al, Ben se contente de lui tenir la main et de glisser ses doigts entre les siens et de regarder les étoiles.

CHAPITRE 4

Malgré l'heure matinale, le vent est déjà chaud dans le vieil atelier qui ressemble de plus en plus à une chambre. Debout sur un tabouret, Al, qui est assez grand, repeint l'angle supérieur d'un mur, alors que Ben prépare la peinture pour la couche finale. Subitement, tante Emma entre dans la future chambre d'amis et déclare :
— Les garçons ! Je vais faire quelques courses. Je n'en ai pas pour longtemps, donc pendant mon absence, évitez de vous couvrir de peinture, d'accord ?
— On va essayer, répond joyeusement Al.
— À tout à l'heure, se contente de répondre Ben d'une voix plus mesurée.

Les travaux de peinture terminés et alors que la peinture sèche rapidement à cause de la chaleur ambiante, Ben commence à déballer les morceaux du lit qu'ils vont monter, alors que Al attrape la notice de montage. Assemblant les différents éléments du lit, Al, en retournant la notice dans tous les sens, s'assied à côté de Ben et finit par dire :
— Attends, je crois que l'on s'est trompés.
— Non, c'est bien comme ça que cela doit être installé. C'est juste toi qui tiens la notice à l'envers, répond Ben.
— Non, je t'assure, regarde, déclare Al en montrant la notice à Ben.
Retournant le papier dans tous les sens, Ben essaie de mettre le dessin dans le même sens que le lit qui est sur le point d'être fini de monter et finit par dire en se collant à Al :
— Non, regarde ce morceau-là, c'est celui-là, donc tout va bien…
Subitement, Ben se tait en remarquant que leurs deux visages ne sont cas quelques centimètres l'un de l'autre et que Al le regarde étrangement. Repensant à ce baiser que lui a donné Al l'autre soir, Ben se met à rougir.

Doucement, Al penche son visage vers celui de Ben, mais avant que leurs lèvres n'entrent en contact, Ben recule brusquement avant de dire :
— Allez, encore un petit effort et on aura presque fini de monter les meubles.

Un peu contrarié, Al se lève et se dirige vers les morceaux d'une table de chevet qui attend d'être montée. Remarquant le comportement de Al, Ben hésite à bouger ou à dire quelque chose avant de se résigner à garder le silence et à finir seul l'assemblage du lit.

L'après-midi venu, marchant sur le sable brûlant en direction des vagues qui s'échouent en silence sur le sable mouillé, Ben et Al s'enfoncent progressivement dans l'eau cristalline et se mettent à nager en direction de la petite île, qui est devenue pour eux comme un refuge où ils sont libres de faire ce qu'ils veulent. Arrivé sur le sable, à l'ombre des arbres, Al retire sans attendre son maillot de bain et s'étire de tout son long. Avançant sur le sable, Ben regarde en direction des arbres et aperçoit comme un petit chemin au milieu de

l'épaisse végétation. Curieux, il avance de quelques pas et, en se tournant vers Al, l'interpelle :
— Al ?
— Oui, répond ce dernier et qui est déjà assis sur le sable.
— Je me demandais, il y a quoi sur cette île, à part des arbres ?
— Je ne sais pas vraiment, répond Al en haussant les épaules.
— Ça te dirait de venir avec moi pour l'explorer ?
— Pourquoi pas, ça pourrait être amusant, répond Al en se relevant et en attrapant son maillot de bain pour se rhabiller.

Quittant le confort du sable, pour un petit chemin fait de terre, de petites pierres et de brindilles, Al et Ben serpentent au milieu de l'épaisse végétation. Malgré l'ombre des arbres qui les surplombe, la chaleur ambiante ne diminue pas, seul le bruit des vagues semble diminuer à chaque pas qu'ils font dans cette forêt qui semble recouvrir l'ensemble de cette petite île. Contournant un arbre au tronc noueux, Ben et Al découvrent un petit portail

en bois recouvert de lierre. Surpris, Ben demande :
— C'est bizarre, qu'est-ce que ça fait là ?
S'approchant, Al passe par-dessus le portail, se retourne et déclare :
— J'ai trouvé la raison de sa présence. Viens voir.
S'approchant, Ben repousse une branche qui lui bloquait la vue et découvre un vieux manoir abandonné. Passant par-dessus le portail de bois pour rejoindre Al, Ben s'avance dans la propriété laissée à l'abandon depuis de nombreuses années et déclare :
— Cette maison est énorme.
— On fait le tour ? propose Al.
— Pourquoi pas ? De toute façon, vu l'état des lieux, je pense pas que qui que ce soit puisse nous reprocher d'être ici, répond Ben.
— Alors, on commence de ce côté ? propose Al en pointant du doigt le devant du vieux manoir.
— D'accord, répond Ben en s'avançant sur l'herbe qui lui arrive à mi-mollet.

Le vieux manoir, dont une grande partie du bâtiment est recouverte de végétation, possède deux étages, et des fenêtres parsèment ce qui doit être le grenier. Arrivés devant la façade principale, Ben et Al remarquent que la porte d'entrée est ouverte et que de nombreuses fenêtres sont cassées.

— Je me demande comment est l'intérieur, s'interroge à voix haute Ben.

— Le sol doit être recouvert de bris de verre. Donc pas du tout recommandé pour nos pieds nus, répond Al.

— C'est dommage, tu viens, on continue de faire le tour.

— Si tu veux, demain, on pourra toujours revenir avec des chaussures, propose Al.

— Oui, je veux bien, répond Ben avec un grand sourire.

Continuant de contourner la maison, sous un soleil de plomb, ils finissent par trouver à l'arrière du manoir les restes d'une verrière dont seule la structure métallique a survécu au passage des années et qui devait autrefois agrandir ce qui devait être un salon. Apercevant au milieu de ce qu'était autrefois le jardin une structure en bois, Al attrape la main de Ben et le conduit jusqu'à un vieux

kiosque en bois dont les piliers et le toit sont recouverts de lierre. Montant les marches grinçantes en bois de la petite structure, ils savourent l'ombre offerte par la structure en bois et la fraîcheur des plantes qui les entourent.
— Je trouve cette ambiance très romantique, déclare subitement Al.

Un peu surpris, Ben ne répond rien et détourne le regard vers l'ancien manoir. Debout, au milieu de ce vieux kiosque octogonal en bois, Al approche et prend les mains de Ben qui se met à rougir. Se fixant du regard, les deux garçons restent silencieux, comme si un simple mot pouvait rompre la quiétude de ce moment. Et doucement, tendrement, poussés par leurs sentiments qu'ils se refusent encore à exprimer avec des mots, ils s'embrassent.

De retour sur le sable chaud, Al retire sans attendre son maillot de bain qu'il abandonne derrière lui, avant de proposer à Ben.
— Tu viens nager ?
— J'arrive, répond Ben en regardant Al

s'éloigner.

D'abord hésitant, Ben rassemble son courage et retire son maillot de bain qu'il abandonne sur le sable avant de rejoindre Al dans l'eau.

Sortant de l'eau le premier, Ben fait quelques pas sur le sable et s'allonge sur le dos pour se laisser sécher au soleil. Fermant les yeux pendant quelques instants, Ben les rouvre en sentant des gouttes d'eau tomber sur son corps. En ouvrant les yeux, il remarque Al à quatre pattes au-dessus de lui et qui le regarde. Ne prononçant aucun mot, Ben sent l'intimité de Al se coller contre la sienne, et honteux il sent son corps réagir au contact du membre durcissant de Al qui approche son visage et l'embrasse. La main mouillée de Al entre d'abord en contact avec le ventre de Ben avant de glisser lentement entre ses jambes et, doucement, il agrippe leurs deux membres et son cœur se met à battre à toute vitesse. Sa respiration se faisant saccadée et ses mains agrippant le dos de Al qui l'embrasse fougueusement. Remuant, gémissant, Al et Ben extatiques se figent, se crispent pendant une seconde avant que leurs souffles ne se mélangent à nouveau. Le regardant un court instant, les yeux dans les yeux, Al sourit, satisfait et bascule sur le côté pour s'allonger sur le sable chaud. Se tenant par la main, allongés l'un à côté de l'autre, ils restent silencieux. Ben n'ose pas tourner son regard vers Al et se contente de fixer son regard sur les oiseaux qui vont et viennent dans le ciel azur.

Au bout d'un long moment, fait d'un trop long silence, Al se redresse, regarde Ben et finit par lui dire :
— On ferait peut-être mieux de rentrer ?
— Oui, si tu veux, se contente de répondre Ben en se levant puis en époussetant le sable collé à sa peau.
Se rhabillant, Ben avance jusqu'à ce que les vagues lui recouvrent les pieds. Du coin de l'œil, Ben voit Al qui, rhabillé, s'approche de lui, mais sans l'attendre, Ben plonge dans la mer et commence à nager en direction de l'autre rive.

Le soir venu, allongé sur son lit, Ben regarde

en direction de Al qui s'allonge sur son propre lit, mais avant que leurs regards ne se croisent, Ben se retourne. Fixant son regard sur le mur, Ben repense involontairement à ce qui s'est passé durant l'après-midi. Resserrant ses jambes, Ben cherche péniblement le sommeil. Doucement, Al quitte son lit, pour se rapprocher de Ben et, en posant une main sur son épaule, il lui dit :
— Tu sais… Pour ce que j'ai fait, cet après-midi… Je suis désolé, je me rends compte que je n'aurais pas dû.
Se retournant brusquement, Ben plonge son regard dans celui de Al, mais il ne réussit pas à prononcer le moindre mot. Un peu déçu, mais compréhensif, Al recule et retourne vers son lit.
— Al attend.
— Quoi ? Demande Al en se tournant vers Ben qui se redresse péniblement dans son lit.
— Je… Je… Je t'aime… souffle difficilement Ben, alors que son visage s'empourpre et qu'il détourne les yeux.
Figé au milieu de la chambre, Al se met à rougir et ne sait pas s'il doit se rapprocher de Ben et l'embrasser ou, au contraire, retourner

dans son lit.
— Moi aussi, répond Al en faisant un pas, mais pas plus, en direction de Ben qui s'assoit sur le bord du lit et pose ses pieds par terre.

Se levant subitement pour faire face à Al, Ben ne sait plus quoi faire, il essaie de tendre une main, mais se rétracte. Un mot peut-être, mais celui-ci ne réussit pas à sortir de sa bouche, alors juste un sourire des plus maladroits, mais que Al réussit à percevoir dans la pénombre de la chambre. Avançant d'un seul pas pour franchir la distance qui les séparait encore, Al, déglutissant, heurte ses doigts contre ceux de Ben. S'entremêlant, se serrant, les uns les autres pour ne plus se quitter, Ben, en sentant les doigts chauds de Al entre les siens, se met sur la pointe des pieds et pose ses lèvres contre les siennes.

Doucement, sans se lâcher la main, Ben et Al s'allongent dans le même lit et, blottis l'un contre l'autre malgré la chaleur de la nuit, s'endorment paisiblement.

CHAPITRE 5

Écoutant la radio, Ben et Al fixent au mur un placard qu'ils viennent de monter. Le meuble correctement fixé, Ben se dirige tranquillement vers un autre carton qui contient une table de chevet qui attend d'être assemblée à son tour. À genoux devant le carton, Ben cherche autour de lui le cutter pour découper le carton, mais il n'arrive pas à mettre la main dessus. Brusquement, Al se rapproche de Ben, et collés l'un contre l'autre, Al lui dit :
— Tiens, voilà le cutter, en glissant le cutter dans la main de Ben.
— Merci… commence à dire Ben avant de s'interrompre en voyant le visage de Al s'approcher du sien, dans l'intention de

l'embrasser.

Dans un mouvement de recul, Ben tombe sur les fesses et croise le regard un peu déçu de Al.

— Désolé, souffle Ben.

— Non, c'est moi, je…

— Attends, ce n'est pas que je n'en ai pas envie. C'est juste que je ne veux pas que tante Emma puisse nous surprendre. Enfin du moins pas pour l'instant, rétorque Ben en attrapant la main de Al qui était sur le point de se relever.

— D'accord, répond sobrement Al avec un regard plein de compassion.

En resserrant sa main sur celle de Al, Ben le tire légèrement vers lui. Se laissant lentement tomber à genoux, Al se rapproche à nouveau de Ben qui se met à rougir. Tournant d'abord la tête vers la porte pour être sûr que tante Emma ne les surprendra pas, Al se retourne ensuite vers Ben et l'embrasse.

Alors que l'après-midi commence à peine et que la chaleur se fait presque insupportable, Al et Ben, simplement vêtus de leur maillot de bain, quittent l'ombre de la végétation pour

arriver sur la plage et, sans attendre, ils plongent dans l'eau pour rejoindre la petite île. Durant la traversée, Ben savoure l'eau froide qui enveloppe l'ensemble de son corps. Ralentissant volontairement ses mouvements, pour rester dans l'eau le plus possible, Ben voit Al qui atteint déjà le rivage et qui retire en toute vitesse son maillot de bain avant de replonger dans l'eau. Se rapprochant l'un de l'autre, Al demande à Ben :
— Est-ce que ça va ?
— Oui. Être dans l'eau fait beaucoup de bien.
Dans un sourire malicieux, Al se rapproche un peu plus de Ben et tire sur l'élastique de son maillot de bain avant de lui dire :
— Si tu l'enlevais, tu apprécierais encore plus.

Se contentant de sourire, Ben, en quelques battements de jambes, se rapproche du rivage. De l'eau jusqu'au nombril, Ben retire son maillot de bain, en fait une boule et le jette sur le sable brûlant. Se retournant vers Al, Ben plonge à nouveau dans l'eau.

Sortant de l'eau entièrement nus, Ben et Al avancent sur la plage de la petite île, mais

avant que Ben ne puisse s'asseoir sur le sable chaud, Al se met devant lui. À quelques centimètres l'un de l'autre, Ben n'arrive pas à soutenir le regard de Al et se met doucement à rougir. Du bout d'un doigt, Al caresse le torse puis le ventre de Ben qui se raidit légèrement. Lui attrapant une main et la posant sur sa poitrine, Al murmure à Ben :
— Toi aussi, touche-moi.

Ne répondant rien, mais ne détournant plus le regard, Ben sent sa main être guidée par celle de Al jusqu'à son entrejambe. Touchant d'abord du bout des doigts, puis le caressant, Ben finit par l'empoigner complètement. Empoigné par Al, Ben essaie de suivre son rythme, tout en posant son front contre sa poitrine et en poussant des gémissements de plaisir.

En fin d'après-midi, de retour à la maison, assis par terre dans l'encadrement de la baie vitrée, les pieds sur l'herbe, se tenant par la main, Al et Ben s'embrassent de manière si passionnée que le monde autour d'eux semble avoir totalement disparu.

Ouvrant la porte d'entrée, tante Emma entre dans la maison, abandonne ses clefs dans le vide-poche et s'essuie le front d'un revers de la main avant de fermer la porte. Retirant ses chaussures, elle soupire de soulagement lorsque ses pieds entrent en contact avec le carrelage. Se massant légèrement la nuque, tante Emma entre dans la salle de vie, jette un rapide coup d'œil à l'heure affichée par la pendule, remarque la télévision qui est allumée et, en tournant la tête vers le jardin, elle découvre, assis par terre, Al et Ben qui s'embrassent fougueusement. Surprise, elle se fige, cligne des yeux et, un peu gênée par la situation, se met à reculer de quelques pas, alors que ni Al ni Ben n'ont remarqué sa présence.

De retour devant la porte d'entrée, tante Emma réfléchit un très court instant, à peine une seconde avant de reprendre ses clefs et de rouvrir la porte. Brutalement, elle jette ses clefs dans le vide-poche, claque la porte et s'exclame d'une voix forte :
— Pfiou ! Qu'est-ce que ça fait du bien de

rentrer à la maison !

D'un pas hésitant, tante Emma fait son grand retour dans la salle de vie en se faisant de l'air avec une main et elle découvre Ben et Al assis chacun à une extrémité, sur le canapé. Pendant que Al, télécommande en main et de manière nonchalante, passe d'une chaîne télé à une autre, Ben, quant à lui, a plus de mal à cacher sa respiration rapide et cache son visage empourpré derrière son livre.
— Alors, les garçons, comment s'est passée votre après-midi ?
— Plutôt tranquille, répond en premier Al.
— Et toi, ton après-midi ? demande Ben.
— Oh, bien. Je pense que l'on a toutes nos chances pour le tournoi de bridge de ce week-end, déclare fièrement tante Emma, avant de se diriger vers la cuisine pour aller se chercher un verre d'eau.

À nouveau seuls, pour un très court laps de temps, Al et Ben s'échangent d'abord un regard puis un sourire complice, avant de tourner leur attention vers l'écran de la télévision.

Le soir venu et sur le point d'aller au lit, Ben retire son tee-shirt et son short avant de voir entrer dans la chambre Al qui sort tout juste de la douche et qui est simplement vêtu d'une serviette. Refermant la porte derrière lui, Al retire la serviette qu'il porte autour de la taille pour se sécher les cheveux. Gardant son caleçon sur lui, Ben s'allonge sur son lit et, malgré l'envie dévorante, il détourne son regard, alors que Al entièrement nu se rapproche de la fenêtre qui est grande ouverte pour y accrocher sa serviette et la faire sécher. Dos à la fenêtre, Al regarde en direction de Ben qui est allongé sur le ventre et qui enfouit son visage dans son oreiller. S'appuyant au rebord de la fenêtre, Al dit à Ben :
— Tu sais, tu n'as pas à avoir honte d'aimer me regarder lorsque je suis tout nu. C'est même plutôt flatteur, tu sais.
Se retournant et s'asseyant sur le lit, le dos contre le mur.
— Mais si je te regarde comme ça, ça me donne envie de faire des choses, avoue Ben en rougissant fortement et en détournant le regard.

— Et alors ? Où est le mal ? demande Al en avançant jusqu'au pied du lit de Ben.
— Je… Non, rien.
Grimpant sur le lit, Al se rapproche un peu plus du visage de Ben et lui dit :
— Parfois, il faut juste se laisser aller.
— Je sais, mais…
— Alors, on peut… Juste un peu…
Ne finissant pas sa phrase, Al embrasse Ben.
— Non, pas ici. Je ne veux pas prendre le risque que tante Emma nous découvre.
— D'accord, répond Al en posant délicatement ses lèvres sur le front de Ben.

Progressivement, ce dernier s'allonge sur le lit en ne quittant pas Al des yeux. Doucement, Al, souriant, s'allonge à côté de Ben. Tendrement, ils s'embrassent et se blottissent l'un contre l'autre malgré la chaleur ambiante, ils s'endorment paisiblement.

CHAPITRE 6

En milieu de matinée, alors qu'ils installent les derniers meubles de la nouvelle chambre d'amis, Ben et Al sont rejoints par tante Emma qui s'exclame joyeusement :
— Eh bien ! On peut dire que vous avez fait du bon travail tous les deux.
— Oui, on fait une bonne équipe, déclare Al en souriant.
— C'est bien. Au fait, je voulais vous dire que le village, en plus d'organiser le concours de bridge, organise un concert samedi soir, je me suis dit que cela pourrait vous intéresser.
— Oui, ça pourrait être bien, répond Ben en jetant un regard à Al.
— Ça nous changera des après-midi à la plage,

s'amuse à dire Al en lançant un regard complice à Ben.

Surplombés par le soleil brûlant, Ben et Al nagent à nouveau en direction de la petite île. Sortant de l'eau le premier, Ben s'assoit sur le sable et sort du sac qu'il avait sur le dos deux paires de chaussures. Donnant ses chaussures à Al, ce dernier les enfile rapidement avant de se mettre à ricaner. Curieux, Ben, tout en enfilant ses propres chaussures, demande :
— Qu'est-ce qu'il y a ?
— Non, rien. Ça me fait juste bizarre d'avoir des chaussures, alors que je porte uniquement un maillot de bain, répond Al avec un grand sourire.
— Tu peux toujours enlever ton maillot de bain si ça te gêne autant, s'amuse à dire Ben.
— Ça te plairait, hein ? demande Al avant de se mettre à rire en voyant Ben rougir et détourner le regard.

Se relevant et laissant son sac au pied d'un arbre, Ben et Al s'enfoncent dans la végétation. Refaisant le même chemin que la veille, ils arrivent rapidement devant le portail de bois recouvert de lierre. Passant par-dessus sans difficulté, ils se dirigent ensuite vers la porte d'entrée du vieux manoir abandonné. Arrivés devant la porte, les deux garçons s'immobilisent un court instant, hésitant à monter les trois marches qui les séparent de la porte qui est déjà ouverte.

Leurs cœurs battent la chamade d'excitation et d'appréhension, alors qu'ils franchissent le seuil du manoir. En entrant dans le grand hall, ils découvrent une grande salle au carrelage noir et blanc couvert de saleté. Devant eux se dresse un grand escalier en bois, et de chaque côté de la pièce se trouvent plusieurs portes. La poussière danse dans les rayons de lumière qui filtrent à travers les fenêtres brisées, créant une atmosphère à la fois sinistre et envoûtante.

En passant la première porte sur leur gauche, ils découvrent un salon avec une grande cheminée, des meubles recouverts de draps poussiéreux, des tableaux craquelés accrochés aux murs décrépits, et même un vieux piano qui semble attendre depuis des décennies d'être réveillé par des mains expertes.

Avançant dans l'ancienne cuisine, puis dans un autre salon qui communique avec l'ancienne verrière en ruine et qui est totalement envahi par la végétation. Après avoir exploré tout le rez-de-chaussée et être revenus à leur point de départ, Ben et Al hésitent à gravir le grand escalier de peur que les marches s'effondrent sous leur poids. Les testant une par une, ils arrivent sur le palier du premier étage et commencent à l'explorer.

Le parquet craque bruyamment sous leurs pas, alors qu'ils avancent prudemment dans les couloirs sombres de l'étage. Visitant une salle de bains pleine de champignons et des chambres aux meubles rongés par l'humidité, ils entrent dans la dernière chambre. Même si elle semble similaire aux autres, celle-ci contient un miroir accroché à un mur de la taille d'un homme et totalement dépourvu de poussière ou de taches d'humidité sur sa surface. Se regardant dans le miroir, Ben se met à rougir en se voyant simplement habillé d'un maillot de bain. En entendant le sol craquer, il se retourne et voit Al dans

l'encadrement de la porte.
— Tu as trouvé quelque chose d'intéressant ? demande Al.
— Pas vraiment, et toi ?
— Rien à part d'étranges champignons, répond Al en s'approchant de Ben.

Se regardant à son tour dans le miroir, Al se met à sourire en voyant Ben rougir alors qu'il bombe le torse et en exhibant ses muscles. Alors que Ben se décale légèrement sur le côté, Al remarque une légère bosse se former dans le maillot de bain de Ben. En essayant de lui attraper la main, Al voit Ben s'éloigner rapidement et se diriger vers la sortie de la chambre qui tombe en ruine.

Descendant le grand escalier pour retourner dans le grand hall du manoir, Ben est rapidement rattrapé par Al qui lui demande :
— Tu veux continuer à explorer les environs ou on retourne à la plage ?
— Je pense que l'on a vu tout ce qu'il y avait à voir, donc on peut retourner à la plage.

Sortant du vieux manoir, Al et Ben repassent

par le portail couvert de lierre et marchent au milieu de la végétation en direction de la plage.

Arrivé sur le sable brûlant, Al retire en toute hâte ses chaussures qu'il abandonne à côté du sac de Ben et retire également son maillot de bain, avant d'aller plonger dans la mer. Dans des gestes plus lents, Ben retire ses chaussures qu'il range dans son sac avant d'y mettre celles de Al, et en entendant ce dernier l'appeler à le rejoindre dans l'eau, Ben retire son maillot de bain et rejoint Al dans l'eau.

S'éclaboussant, riant, faisant la course jusqu'à l'épuisement, avant d'aller se laisser sécher par le soleil sur le sable chaud. Allongé sur le sable, Ben regarde les oiseaux qui volent loin au-dessus de lui et, bercé par le bruit apaisant des vagues, Ben sent ses yeux se fermer sans difficulté.

Au bout d'un long moment, bien avant que l'après-midi ne touche à sa fin, Ben et Al se relèvent, s'étirent de tout leur long et se rhabillent pour retourner dans l'eau afin de faire la traversée pour rentrer à la maison.

Le soir venu, assis à chaque extrémité du canapé, Al regarde la télévision et Ben essaie de maintenir son regard et toute son attention sur l'écran. Doucement, Tante Emma en traversant le salon leur dit :
— Bon, moi je vais me coucher. Ne veillez pas trop tard. D'accord, les garçons ?
— Oui, répond Al.
— D'accord. Bonne nuit, tante Emma, répond Ben.

Rapidement, ils entendent tante Emma monter l'escalier, puis fermer la porte de sa chambre. Doucement, Al glisse sur le canapé et se rapproche de Ben qui s'accroche à l'accoudoir du canapé. Le cœur battant la chamade, Ben tourne subrepticement son regard vers Al qui le fixe intensément. Rougissant, Ben se retourne en direction de la télévision. Doucement, les doigts froids de Al glissent sur sa main brûlante et s'entremêlent au sien. Tournant son visage, Ben sent son regard happé par celui de Al qui s'approche lentement et l'embrasse. Les yeux mi-clos, Ben sent les lèvres de Al s'éloigner, brusquement de sa main libre, Ben attrape le bras de Al pour l'empêcher de s'éloigner de trop pour l'embrasser à son tour. Emportés par leur passion, leurs lèvres s'écartent et leurs langues s'entrechoquent, se caressent et glissent l'une sur l'autre.

Brutalement, des bruits de pas se font entendre dans le couloir puis dans l'escalier. S'écartant l'un de l'autre, Al et Ben continuent de se tenir par la main, alors que tante Emma fait l'aller-retour avec la cuisine pour un verre d'eau. Alors que la porte de la chambre se referme, Al se rapproche à nouveau de Ben et, malgré la chaleur, ils restent l'un contre l'autre à regarder la télévision.

CHAPITRE 7

Remuant sur son lit, Ben, couvert de sueur, se redresse et regarde en direction de la fenêtre qui est grande ouverte, et bien que les volets soient également ouverts, la chambre reste surchauffée. Trahi par le grincement de son lit, Al se redresse et demande à Ben :
— Tu n'arrives pas à dormir ?
— Il fait beaucoup trop chaud.
Se levant de son lit et traversant la chambre, Al rejoint Ben et lui dit :
— Et si on allait se baigner ?
— Un bain de minuit ? demande amusé Ben.
— Oui, pourquoi pas ? Même s'il n'est même pas encore vingt-trois heures.

Amusé par cette idée, Ben se lève également de son lit, s'approche de son sac, retire son caleçon et enfile son maillot de bain, promptement imité par Al. Le plus discrètement possible, les deux garçons sortent de leur chambre, descendent l'escalier qui grince doucement sous leur poids et sortent de la maison. En traversant silencieusement le jardin, Ben et Al se dirigent rapidement vers la plage. Arrivés sur le sable encore chaud, ils regardent le ciel qui se couvre lentement de nuages.
— Avec un peu de chance, on aura de la pluie demain matin, dit Al.
— Oui, ça nous fera un peu de fraîcheur. Tu viens ? demande Ben en tendant la main à Al qui se met à sourire en lui prenant la main.

Entrant doucement dans l'eau, Ben et Al s'avancent jusqu'à avoir de l'eau au niveau de la poitrine. Savourant le froid de l'eau sur leur corps surchauffé, ils se sourient et ils se mettent à nager avant de se mettre en tête de faire la course jusqu'à l'île. Sans difficulté, ils parcourent la distance qui les sépare d'un rivage à l'autre, mais brusquement le vent se lève, les vagues jusque-là inexistantes se font plus violentes et un éclair déchire le ciel nuageux, provoquant un déluge de pluie. Nageant jusqu'au rivage de la petite île, Al aperçoit Ben qui nage avec difficulté avant de le voir dériver à cause de la puissance du courant qui commence à l'entraîner au large.

Essoufflé, Al se penche en avant, serre les dents et, dans un léger grognement, des ailes aux plumes grises et blanches sortent de son dos et tout son corps se recouvre de plumes. Déployant ses ailes, Al inspire profondément, s'envole et, malgré le vent et la pluie, il réussit à repérer Ben qui se débat dans l'eau. Après plusieurs coups d'aile puissants, Al, qui survole Ben, replie ses ailes et plonge. De ses deux mains, il réussit à prendre Ben par les bras et à le sortir de l'eau. Subissant les bourrasques, Al atterrit en catastrophe sur la plage de l'île. Faisant face à Ben qui tremble de tout son corps, Al reste sans voix, terrifié à l'idée d'assister à la réaction de terreur prévisible de Ben. Crachant l'eau qui lui restait encore dans la bouche, Ben se redresse en reprenant son souffle et remarque finalement

l'apparence de Al. Restant silencieux, Ben approche doucement de Al et passe une main sur les plumes blanches avant de dire :
— Comment ? Comment c'est possible ?
— C'est compliqué et un peu long à expliquer.
Violemment, un éclair déchire le ciel et les fait sursauter. Le prenant par la main, Al dit à Ben :
— Viens. On va se réfugier dans le vieux manoir en attendant que la tempête passe.
— D'accord.

Courant l'un à côté de l'autre au milieu de l'épaisse végétation, Ben et Al ralentissent légèrement lorsqu'ils passent le petit portail de bois couvert de lierre. Contournant le manoir, ils entrent dans le manoir et s'arrêtent dans le hall pour reprendre leur souffle. Sans rien dire, Al serre les poings et fait disparaître ses plumes pour reprendre une forme totalement humaine. Dans une série de flashs lumineux, des éclairs déchirent le ciel, faisant sursauter Al et Ben qui se mettent à trembler.
— Si je m'en souviens bien, il y avait une cheminée dans le salon. Avec un peu de chance, on pourra faire un feu pour se

réchauffer, dit Al.

— Bonne idée. Et ce sera mieux que de rester sur ce carrelage glacial, répond Ben en plaçant ses mains sous ses bras.

Tout en gardant une certaine distance avec Al, Ben s'éloigne de la porte d'entrée qui laisse entrer la pluie et entre dans le salon qui est plongé dans le noir. Bruyamment, un nouvel éclair traverse le ciel et éclaire le salon. En silence, Al rassemble quelques livres qu'il jette dans l'âtre de la cheminée, pendant que Ben est parti fouiller la cuisine à la recherche d'allumettes ou d'un briquet. Attrapant un vieux drap couvert de poussière, Al le secoue dans le hall avant de l'étendre sur le sol devant la cheminée. En quelques minutes, après avoir fouillé tous les tiroirs et tous les placards de la cuisine, Ben finit par trouver une vieille boîte d'allumettes à moitié pleine.

Frottant les allumettes sur le grattoir de la boîte, Al réussit à créer quelques étincelles, qui donnent naissance à une petite flamme qui brûle quelques pages avant d'embraser le premier livre en entier, puis les autres que Al avait empilés.

Le salon éclairé par le feu de cheminée, Ben et Al, debout devant la cheminée, savourent le peu de chaleur que le feu dégage. Doucement, Al approche une chaise qui semblait sur le point de s'effondrer sous son propre poids, retire son maillot de bain et le pose sur le dossier de la chaise pour le faire sécher. Imitant Al, Ben retire à son tour son maillot de bain et, en s'asseyant devant le feu, il demande à Al :
— Bon, maintenant que l'on est à l'abri et au chaud, est-ce que tu peux m'expliquer comment tu as réussi à te transformer en oiseau géant ? demande Ben en ramenant ses jambes contre sa poitrine et en les entourant de ses bras.
— Euh... Oui, je pense que tu mérites de savoir toute la vérité. À l'origine, j'étaie un albatros tout ce qu'il y a de plus banal. Mais un jour, je me suis perdu dans l'autre monde et la sorcière Agrona a fait de moi son serviteur et m'a donné une forme humaine.
— D'accord... Et qu'est-ce que tu es venu faire chez ma tante alors ?

— Agrona m'a envoyé pour trouver un humain incapable d'utiliser la magie pour l'aider à récupérer une épée faite en émeraude avant que le sorcier Caratacos ne la récupère.

— Hum, hum… admettons. Et ce sorcier, il va en faire quoi de cette épée s'il la récupère ?

— Je n'en ai pas la moindre idée. Je sais juste que l'un comme l'autre, ce sont des collectionneurs compulsifs et qu'ils sont en compétition depuis toujours.

— Et cette épée, elle est où exactement ?

— Je ne sais pas vraiment. Et pour être honnête, je n'ai pas vraiment envie de retourner dans l'autre monde. Et je pensais chercher un moyen pour fuir le plus loin possible Argona et son frère.

— Son frère ? Attends, tu veux dire que ce Caratacos est le frère de la sorcière Argona ?

— Oui.

— Cette histoire est complètement dingue.

— Il faut que je te dise que mes sentiments pour toi sont bien réels. Ce n'est pas une création artificielle, afin d'accomplir au mieux ma mission, déclare Al en se rapprochant de Ben.

Ne répondant rien, Ben se contente de lui prendre la main et de glisser ses doigts entre ceux de Al avant de l'embrasser, comme pour lui faire comprendre que ses sentiments sont réciproques.

Après un long moment passé dans un léger silence ponctué de rares coups de tonnerre, assis l'un contre l'autre, ils se réchauffent devant la cheminée. Doucement, nerveusement, Al approche son visage de celui de Ben et l'embrasse tendrement. Glissant une main entre les jambes de Ben, Al continue de l'embrasser fougueusement en le caressant. S'allongeant sur le drap, Ben voit Al, simplement éclairé par les flammes de la cheminée, se mettre entre ses jambes et le pénétrer en douceur. S'embrassant avec tendresse, ils sentent le cœur de l'autre battre plus fort et plus vite tout comme leurs respirations qui s'affolent jusqu'à atteindre l'extase la plus totale. À bout de souffle, Al et Ben, les corps entremêlés, s'embrassent à nouveau et s'endorment paisiblement à côté de la cheminée.

CHAPITRE 8

Brusquement, Ben se réveille en sursaut et se redresse. Regardant d'abord à côté de lui, il voit Al qui est toujours endormi. Puis, il promène son regard dans toute la pièce qui est très faiblement éclairée par ce qui reste du feu mourant dans la cheminée. Subitement, un grincement attire son attention en direction de la porte qui conduit au hall d'entrée du manoir. Sursautant, Al se redresse, regarde Ben et tourne son regard vers la porte. Se levant, Al murmure à Ben :
— Rhabille-toi vite, il faut que l'on parte.
S'exécutant, Ben attrape et enfile son maillot de bain avant de lancer le sien à Al, mais avant qu'il ne puisse l'enfiler, une main noire surgit

de l'encadrement de la porte et percute violemment Al qui s'écrase contre une table et plusieurs chaises qui se brisent en mille morceaux.
— Al ! s'exclame Ben.
Avec force, les doigts de la main noire se referment sur Al qui reprend sa forme d'Albatros, mais sans pouvoir bouger, il se contente de crier, alors que la main géante l'entraîne dans les ténèbres.
— Ben ! Va-t'en !

Debout sur ses pieds, ses jambes se mettent à trembler. D'abord hésitant à cause de la profonde peur qu'il ressent, Ben finit par attraper un barreau de chaise qui traînait sur le sol et se lance à la poursuite de la main géante qui entraîne Al vers une destination inconnue.

Courant à toute vitesse, Ben grimpe les marches de l'escalier quatre à quatre en suivant difficilement du regard la créature qui s'enfonce dans le couloir avant de disparaître dans une chambre. En entrant à son tour dans la chambre, Ben voit la main faite de ténèbres et Al passer au travers du miroir. Sans réfléchir aux conséquences, Ben s'élance et passe à son tour à travers le miroir dont la surface autrefois solide est désormais liquide.

Arrivé de l'autre côté du miroir, Ben se fige un court instant en découvrant une chambre en parfait état, loin du délabrement et de l'odeur d'humidité de la précédente, cette version de la chambre est chaleureuse et agréable avec un doux parfum de cire d'abeille qui flotte dans l'air. Approchant lentement de la fenêtre, Ben découvre un jardin parfaitement entretenu, illuminé par un soleil d'été de milieu d'après-midi. Incrédule, Ben se tourne vers la porte de la chambre qui est encore ouverte et enserre sa main sur le barreau de chaise, il contourne le lit et s'approche de la porte. En passant dans le couloir, Ben découvre que comme la chambre, le couloir est en parfait état, plus aucune trace d'humidité ou de champignons. Debout au milieu du couloir, Ben cherche le moindre indice qui pourrait le mener à la créature qui a emporté Al. Mais rien, pas la moindre trace sur le parquet ou même le tapis qui a l'air totalement neuf. Émerveillé par ce qu'il découvre, Ben se dirige vers le grand escalier qui va le conduire jusqu'au grand hall du manoir.

Descendant les marches, Ben redécouvre le rez-de-chaussée qui, comme l'étage, est parfaitement entretenu. Subitement, un air de musique provenant du salon attire son attention. Brandissant son barreau de chaise, Ben approche avec une extrême précaution de la porte du salon qui est grande ouverte. Passant le seuil de la porte, Ben découvre le salon sous un nouveau jour, les meubles neufs, les bibliothèques bien remplies et divinement organisées. Sur une petite table trône un vieux gramophone qui émet la douce mélodie. Allongée sur le canapé, une femme vêtue d'une longue robe de soie verte à la chevelure brune ouvre de grands yeux, d'un vert profond. Tirant une bouffée sur sa longue pipe, la femme se redresse légèrement et se met à sourire en voyant Ben, avant de souffler un panache de fumée.
— Alors, c'est toi l'humain qui a été trouvé par Al. Tu es plutôt mignon dans cette tenue, dit-elle amusée.
— Euh… Et vous, vous êtes Agrona ? C'est

ça ? Demande Ben en baissant son barreau de chaise, mais en le gardant quand même en main.

— Oui, je suis la grande sorcière Agrona, déclare-t-elle en se levant et en tirant une nouvelle bouffée sur sa pipe.

— Et où est Al ?

— Il devrait être avec toi. Vu qu'il a réussi à te faire traverser le miroir.

— Non, c'est une main géante et noire qui l'a attrapé et traîné de ce côté du miroir, rétorque Ben en regardant la sorcière Agrona s'approcher, souffler sa fumée et constater qu'elle le surplombe d'au moins deux têtes.

— Une main noire ? Hum… Ça, c'est signé Caratacos. Mon frère a toujours convoité ce que je possède. C'est dommage, Al était un bon élément.

— Comment ça, dommage ?! Nous devons aller le libérer ! s'exclame avec force Ben, à la grande surprise d'Agrona.

— Pour quoi faire ? Il a dû l'ajouter à sa collection d'oiseaux. Et des serviteurs, c'est pas ça qui me manque, déclare Agrona en se réinstallant sur le canapé.

— Mais…

— Bon, maintenant que tu es là, parlons plutôt de ce pourquoi j'ai envoyé Al te trouver.

— Je sais, vous voulez récupérer une épée en émeraude. C'est ça ? interroge Ben.

— Oui. Cette épée pourrait devenir le joyau de ma collection d'épées. Sauf si mon idiot de frère réussit à la récupérer d'abord.

— Et cela ne me concerne pas. Je veux juste retrouver Al ! rétorque Ben d'une voix agacée.

— Le thé est prêt, déclare une voix masculine, mais encore juvénile.

Alors qu'il entre dans le salon, Ben découvre un jeune garçon d'une dizaine d'années à la peau pâle, aux cheveux noirs, vêtu d'une chemise blanche avec un petit veston marron à trois boutons et d'un pantalon noir.

— Bien. Ael, installe le thé dans le jardin d'hiver, demande Agrona.

— D'accord, je fais ça tout de suite, répond Ael d'une voix monocorde, avant de quitter le salon.

— C'est qui celui-là ? interroge une voix féminine.

Se retournant brusquement, Ben découvre une jeune fille à la chevelure noire et au visage quasiment identique à celui du jeune garçon

qui vient de repartir en direction de la cuisine.
— C'est le garçon qui va aller me chercher l'épée d'émeraude, annonce avec joie Agrona.
— Je n'ai pas accepté de récupérer cette épée. Je veux juste retrouver Al !
— Si tu veux, je peux t'aider à le retrouver, mais je veux mon épée d'abord, propose Agrona.
— D'accord, finit par lâcher froidement et à regret Ben.
— Bien, c'est bien, répond Agrona en se levant du divan et en posant sa pipe sur un guéridon à côté du divan.
— Et il va y aller dans cette tenue ? interroge la jeune fille.
— Aela a raison, mais je vais d'abord aller prendre mon thé, répond Agrona.

Nonchalamment, Agrona se met à marcher en direction du hall, prestement suivie par Aela et par Ben. Pour ensuite prendre la porte qui donne sur la salle à manger et le salon d'hiver qui est illuminé par la majestueuse verrière. Doucement, Agrona s'installe à la table et regarde en direction du jardin. En silence, Ael porte un plateau qui contient une tasse, une

théière fumante et une petite assiette pleine de biscuits. Déposant le contenu du plateau sur la table, Ael remplit la tasse de thé.
— Merci, Ael. Et peux-tu conduire Ben à une chambre et lui donner des vêtements ?
— Oui, madame. C'est de ce côté, informe d'une voix terne et en lançant un regard noir à Ben, en se dirigeant vers le hall.

Passant par le hall et remontant les marches du grand escalier, Ben et Ael longent le couloir jusqu'à la porte d'une chambre. Ouvrant la porte, Ael laisse entrer Ben et lui dit :
— Tu trouveras tout ce dont tu as besoin dans cette armoire.
— Merci. Dis-moi, cela fait longtemps que tu es au service de Agrona ?
— J'ai arrêté de compter. Fais vite, répond Ael en refermant la porte de la chambre derrière lui.

Seul dans la chambre, Ben pose le barreau de chaise sur le lit et se rapproche de l'armoire. Ouvrant les deux pans du meuble, Ben découvre un ensemble de sous-vêtements, de pantalons, de tee-shirts et de chaussures.

Retirant son maillot de bain qu'il pose sur le lit, Ben se sert dans l'armoire pour s'habiller.

Sortant de la chambre, Ben retrouve Ael qui l'attend debout au milieu du couloir et qui lui dit :
— C'est déjà mieux, retournons voir Agrona, elle t'ouvrira la voie pour aller récupérer l'épée d'émeraude.
— D'accord, souffle doucement Ben en suivant Ael qui se dirige déjà vers l'escalier pour retourner dans le hall du manoir.

En entrant dans la grande salle à manger qui leur donne accès au jardin d'hiver, Ben et Ael retrouvent Aela qui se tient à l'écart d'Agrona qui boit paisiblement son thé. En remarquant son retour, Agrona dit à Ben :
— Je préférais ton autre tenue, mais il est vrai que celle-ci sera plus confortable pour que tu puisses récupérer mon épée.
— Justement, si on pouvait y aller sans tarder, car j'aimerais retrouver au plus vite Al, avant qu'il ne soit en danger.
— Bien, bien, allons-y, répond Agrona en posant sa tasse de thé et en se levant de sa

chaise.

Passant devant Ben, Agrona lui fait signe de la suivre. En suivant avec méfiance la sorcière Agrona, ils passent dans le hall, montent les marches de l'escalier et ils arrivent dans le couloir de l'étage. Arrivé devant une porte de ce qui lui semble être une chambre, mais lorsque la sorcière l'ouvre, la porte donnait désormais sur une vaste salle souterraine.
— L'épée d'émeraude est au bout de cette caverne.
— Rappelez-moi, pourquoi vous n'y allez pas vous-même ? interroge Ben qui se tient devant la porte.
Levant une main, la sorcière essaie de la faire passer à travers le cadre de la porte, mais une force invisible la bloque.
— Je vois… souffle Ben.
Serrant les poings, Ben franchit le seuil de la porte et arrive dans la grotte qui est étrangement lumineuse, malgré l'absence de toute ouverture vers l'extérieur. Regardant derrière lui, Ben voit la sorcière qui lui sourit et qui lui dit :
— L'épée est tout au bout de cette grotte.

Lorsque tu l'auras récupérée, tu n'auras qu'à refaire le chemin en sens inverse pour revenir jusqu'à la porte et à l'ouvrir, elle te ramènera directement ici.

Affichant un léger sourire forcé, Ben voit la sorcière attraper la poignée de la porte et la fermer.

CHAPITRE 9

Progressant facilement à travers la vaste salle souterraine, en direction d'un petit passage creusé dans la roche, Ben reste attentif à toutes les odeurs, tous les sons, qui pourraient lui indiquer la présence d'une quelconque menace. Mais rien, pas le moindre son, seule l'odeur d'humidité est perceptible autour de lui. Alors que le corridor commence à se rétrécir de plus en plus, Ben continue d'avancer avec précaution. Avançant dans ce corridor qui réduit de taille au fur et à mesure, qu'il progresse, mais malgré l'étroitesse du passage, Ben aperçoit au loin une lumière vive.

Accélérant le pas, posant une main sur la paroi pour maintenir son équilibre, Ben arrive à l'extrémité de ce corridor et découvre une nouvelle salle, beaucoup plus grande que la précédente. Et plusieurs mètres en dessous de lui, le sol de la caverne est plongé dans une insondable obscurité, et au centre de cette salle, luisante dans le noir quasi complet, l'épée d'émeraude. Cherchant un passage pour descendre au fond de la salle, Ben remarque une corniche d'une vingtaine de centimètres de large et plus loin des marches donnant accès au fond de la salle.

Progressant lentement, en se tenant à la paroi, Ben glisse un pied après l'autre pour rejoindre les marches. Au bout d'un long moment à transpirer de peur, Ben pose les pieds sur la première marche et pousse un long soupir de soulagement. Descendant les marches, Ben s'arrête brusquement à mi-chemin lorsqu'il remarque que ses pieds ont disparu dans l'obscurité qui tapisse le sol de la salle. Remontant d'une marche, Ben regarde ses pieds avant de redescendre les marches, et plus il descend, plus l'obscurité semble l'engloutir.

Arrivé au pied des marches, l'obscurité l'entoure et le surplombe totalement, et Ben tâtonne du pied pour essayer d'avancer en toute sécurité, en direction de l'épée d'émeraude qui brille dans le noir. À deux mètres de l'escalier, Ben s'immobilise brusquement, alors que son pied semblait quitter la surface dure du sol pour tomber dans le vide. Reculant, s'accroupissant jusqu'à se mettre à genoux, Ben avance ses mains et trouve rapidement le bord et le vide abyssal. Relevant la tête et regardant en direction de l'épée qui illumine un cercle de moins d'un mètre de diamètre, Ben comprend que l'atteindre sera beaucoup plus difficile que prévu. Hésitant d'abord sur la direction à suivre, Ben choisit de glisser ses mains sur le rebord de pierre en allant sur sa droite, espérant trouver le bon chemin qui va le conduire au centre de la salle, là où brille sur une table de pierre l'épée d'émeraude.

Suivant les angles, pour trouver les différents chemins, avançant, reculant au gré des différents embranchements, Ben se rapproche lentement, mais progressivement, du centre de la salle.

Après un long moment, dont la durée exacte est impossible à réellement déterminer, Ben réussit à atteindre la plate-forme centrale, où se trouve l'épée. Se levant, s'étirant, Ben s'approche de la table de pierre et surplombe de sa hauteur l'épée d'émeraude. Posant ses mains sur la table, Ben regarde en détail l'épée de peur qu'un piège soit présent pour la protéger. Mais après une étude minutieuse, Ben pose une main sur la garde de l'épée, y entoure ses doigts, referme le poing et soulève l'épée.

Subitement, un puissant courant d'air balaie la salle. Reculant d'un pas, Ben cherche dans l'obscurité ce qui a pu provoquer la bourrasque, mais rien, pas le moindre son, pas le moindre mouvement, pas le moindre trou dans la voûte de roche qui aurait pu laisser passer le moindre courant d'air. Brutalement, une voix pulvérise le silence qui était présent dans la salle depuis l'arrivée de Ben qui se paralyse.

— Humain, toi qui désires la lame d'émeraude, dans quel but désires-tu l'utiliser ?
Ressentant un frisson lui traverser le dos, Ben brandit l'épée, dans l'espoir d'éclairer les environs pour voir qui a bien pu lui parler. Lorsque subitement, un mouvement fugace traverse son champ de vision et s'immobilise de l'autre côté de la table de pierre.
— Je ne veux pas m'en servir. Je dois la donner à une autre personne qui la veut pour sa collection d'épées, déclare Ben sans voir son interlocuteur.

Baissant la lame de l'épée d'émeraude, une silhouette apparaît devant lui. Enveloppé dans une cape noire, dont la capuche dissimule le haut du crâne décharné, Ben découvre avec effroi le cadavre qui se tient devant lui et qui lui dit :
— Et toi ! Qu'as-tu à gagner, à emporter cette épée ?
— Un ami à moi est prisonnier et la personne à qui je vais donner cette épée a promis de m'aider à le sauver, répond prudemment Ben.

Flottant dans les airs, le mort contourne la table de pierre et fait face à Ben qui reste immobile, malgré la peur. Après un court instant d'observation, le mort semble se mettre à sourire. Subitement, l'obscurité ambiante se fait lumière et les profondeurs insondables deviennent des murs aux sommets inatteignables.
— Va, humain, trouve ton chemin dans ce labyrinthe. La fatigue, la soif et la faim seront tes seules ennemies en ce lieu. Et lorsqu'ils t'auront terrassé, je n'aurai plus qu'à récupérer l'épée sur ton cadavre.

Riant à gorge déployée, le gardien de l'épée d'émeraude s'envole et disparaît dans les ténèbres qui dissimulent désormais la voûte de la caverne. Hésitant un peu, Ben quitte ce qui est désormais une salle circulaire avec la table de pierre, par le chemin qui l'a amené ici. Essayant de retrouver le chemin qu'il a parcouru, Ben remarque vite que les couloirs ne correspondent pas au chemin qu'il a emprunté. À un embranchement, Ben brandit l'épée et entaille le mur dans le but de se créer un point de repère, mais la trace disparaît instantanément.

En empruntant de nombreux couloirs, en essayant de se diriger vers l'escalier de pierre, qui l'a fait descendre dans cette salle et qui est toujours visible au loin, Ben a l'impression de tourner en rond avant d'arriver dans une salle circulaire avec une table de pierre en son centre. Soupirant, Ben lève les yeux au ciel et fait un tour sur lui-même pour s'assurer qu'il s'agit bien de la pièce qu'il avait quittée plutôt, mais sans aucune marque distinctive, il ne peut être sûr de rien. Contournant la table de pierre, Ben veut emprunter le passage qui lui fait face, mais hésite, se retourne et monte sur la table. Regardant tout autour de lui dans l'espoir de trouver un chemin pour le conduire loin d'ici, mais les murs blancs sont trop hauts pour voir au-dessus. Descendant de la table, Ben prend le chemin qui lui fait face et s'élance dans le dédale de couloirs qui s'étend devant lui.

Après un nombre de minutes indéterminé, à tourner en rond dans le labyrinthe qui le ramène à nouveau dans la salle circulaire où trône, en son centre, la table de pierre.

Désespéré d'être de retour dans cette salle, alors qu'il suivait du regard la direction de l'escalier, Ben s'appuie sur la table et entend le ricanement du gardien de l'épée qui le regarde depuis le sommet d'un mur.

Serrant les poings, Ben quitte à nouveau la salle, mais arrivé au premier embranchement, il choisit de prendre le chemin opposé à celui qui semble conduire à l'escalier. Continuant dans cette tentative de trouver une sortie, Ben continue de marcher dans les différents couloirs en gardant scrupuleusement l'escalier dans son dos. Après plus d'une heure à tourner en rond, Ben réussit à trouver la sortie du labyrinthe. Poussant un soupir de soulagement et en accélérant le pas, Ben franchit le seuil des murs et se précipite sur les premières marches de l'escalier et s'arrête un court instant pour regarder une dernière fois le labyrinthe, avant de grimper chaque marche de l'escalier pour quitter cette salle souterraine.

Refaisant le chemin inverse, Ben parcourt le corridor creusé dans la roche, puis la première salle, jusqu'à voir à son extrémité la porte qui l'avait conduit ici.

La porte franchie, Ben se retrouve à nouveau dans le couloir de l'étage du manoir de la sorcière Agrona. Descendant rapidement les marches de l'escalier, Ben arrive dans le hall du manoir et se dirige prestement vers le salon où l'attend la sorcière Agrona. Lui montrant l'épée d'émeraude, Agrona se lève subitement et, en affichant un très large sourire, elle approche et prend des mains de Ben l'épée d'émeraude. S'éloignant de quelques pas, Agrona brandit l'épée et illumine la pièce d'une lumière verte lorsqu'un rayon de lumière passe au travers.

CHAPITRE 10

Posant l'épée d'émeraude sur la table du salon, Agrona reprend sa pipe et déclare :

— Félicitations, Ben, je suis très contente de toi. Grâce à toi, ma collection d'épées est enfin complète.

— J'espère que vous n'allez pas oublier votre promesse de m'aider à sauver Al.

— Oh… Tu es encore là-dessus ? Tu ne voudrais pas une autre récompense à la place ? Après tout, il y a plein d'autres objets que j'aimerais posséder et que tu pourrais m'aider à obtenir.

— Non, je veux juste que vous m'aidiez à libérer Al, insiste Ben.

— Bon, d'accord. Aela va chercher la clef du

manoir de mon frère.

— Vous êtes sûre, madame ? demande la jeune fille.

— Oui, vas-y. Après tout, j'avais promis de l'aider, déclare Agrona d'une voix lasse en retombant sur le divan.

Rapidement, Aela quitte le salon pour une destination inconnue, alors que Ben reste debout au milieu de la pièce. En peu de temps, Aela revient dans le salon et donne une clef à son frère jumeau en lui disant :

— Tiens, à toi de l'emmener là-bas.

— Et pourquoi je devrais le faire ? interroge Ael sur un ton désagréable, mais en prenant tout de même la clef de la main de sa sœur jumelle.

— Je refuse d'y remettre les pieds, surtout depuis ce qui s'est produit la dernière fois, déclare Aela en se mettant debout derrière le divan où est installée Agrona.

— Bon, d'accord. Allez, toi, suis-moi, déclare Ael en direction de Ben, avant de passer devant lui et de sortir du salon.

Regardant une dernière fois la sorcière Agrona, Ben fait volte-face et sort du salon

pour rejoindre Ael qui s'approche de la porte du manoir. Passant le seuil de la porte du manoir, Ben suit silencieusement Ael qui marche sur le chemin de gravier. Passant une grille d'acier entrouverte et marchant entre les arbres qui surplombent le chemin, ils arrivent rapidement à un ponton en pierre où est accrochée une barque ballottée par les légères vagues de la mer. Avançant jusqu'à la petite embarcation, Ael monte à bord, attrape une rame et, en pointant du doigt une corde qui relie le petit bateau au ponton, il dit à Ben :
— Détache la corde et monte vite à bord.
— D'accord. Le manoir de Caratacos est loin d'ici ?
— Non, c'est l'île juste en face de nous.
Dénouant la corde et la jetant à bord du petit bateau, Ben monte avec précaution à bord et s'assoit, alors que Ael donne un premier coup de rame pour les éloigner du rivage.

En à peine quelques minutes, Ael et Ben à bord de la barque ont effectué la traversée. Avec précaution, Ben quitte la barque et, en attachant la corde, il entend Ael lui dire :
— Tiens, voici la clef de la porte principale du

manoir. Elle peut également ouvrir toutes les portes à l'intérieur du manoir. Moi, je t'attends ici.

— Merci. Je vais faire au plus vite.

En prenant la clef de la main de Ael, ce dernier lui dit :

— Suis le chemin et tu arriveras sans problème au manoir de Caratacos.

Se contentant de sourire et de hocher la tête, Ben s'éloigne prestement en direction du chemin qui est bordé et surplombé d'arbres.

En peu de temps, Ben arrive devant une grille qui semble parfaitement identique à la grille du manoir abandonné, ou encore le manoir de la sorcière Agrona. Observant les environs, Ben franchit la grille en ne voyant personne et il s'approche avec précaution de la porte principale du manoir. Insérant la clef, la tournant, Ben ouvre lentement la porte. Et alors qu'elle reste entrouverte, Ben passe d'abord la tête avant d'entrer dans le manoir qui est plongé dans un profond silence. Refermant la porte derrière lui avec beaucoup de précaution, Ben regarde tout autour de lui et se dirige lentement vers l'escalier.

Arrivé sur le palier de l'étage, Ben remarque que le couloir ressemble en tout point à celui du manoir d'Agrona à la différence qu'il semble ne pas avoir de fin. Avançant dans le couloir, Ben ouvre la première porte et, au lieu de découvrir une chambre, il découvre une salle remplie de meubles d'exposition, de vitrines et d'étagères toutes remplies de fourchettes à gâteaux toutes différentes. Refermant la porte, Ben regarde d'un bout à l'autre du couloir et hésite sur quel côté choisir. Choisissant au hasard et ouvrant une porte après l'autre, Ben découvre de nombreuses salles toutes remplies de différentes collections d'objets. Dans l'une d'elles, il découvre une collection de cadres vides, dans une autre, une collection de boules à neige. Ouvrant chaque porte pour être sûr de ne pas rater la salle où est enfermé Al, Ben, en arrivant au fond du couloir, découvre à la perpendiculaire deux autres couloirs de part et d'autre et tout aussi similaires à celui qu'il vient de parcourir et avec autant de portes et autant de salles à explorer.

Alors que Ben referme une nouvelle porte, une voix le fait sursauter.
— Qui es-tu ? Et que fais-tu là ?
Se retournant, Ben découvre un jeune garçon âgé d'une douzaine d'années. Le visage pâle, les cheveux châtain clair, presque blonds, les yeux d'un vert profond, le jeune garçon jette un regard sombre à Ben. Écartant les bras, le jeune garçon frappe ses mains l'une contre l'autre et, en les écartant, il fait apparaître une épée.
— Les intrus et les voleurs ne sont pas les bienvenus ici, déclare le jeune garçon en brandissant son épée d'une main et en pointant la lame vers Ben.
— Je ne suis pas un voleur. Je veux juste retrouver un ami à moi qui a été capturé par le sorcier Caratacos.
— Si mon maître Caratacos voulait l'ajouter à sa collection, alors il lui appartient désormais.
— Est-ce qu'il serait possible de le rencontrer ?
— Peut-être. Viens avec moi, déclare le jeune garçon en baissant son épée.

Obéissant, Ben se met à suivre le jeune garçon qui progresse rapidement à travers les nombreux couloirs jusqu'à arriver au pied d'un grand escalier. Montant les marches, ils arrivent deux étages plus haut et avançant sur le palier, Ben découvre qu'il n'y a qu'une seule porte. Promptement, le jeune garçon ouvre la porte et entre suivi de Ben qui découvre une grande chambre. Au milieu de la pièce se trouve un grand lit recouvert de couvertures, de coussins, et au milieu de tout ça se redresse le sorcier Caratacos en compagnie de quatre femmes.

— Ehouarn ? J'avais demandé à ne pas être dérangé.

— Pardon, maître, mais j'ai capturé un intrus qui désirait vous voler l'une de vos dernières acquisitions, déclare Ehouarn.

— Ah oui ? Et comment s'appelle ce voleur ? demande Caratacos en glissant jusqu'au bord du lit et en se couvrant d'une couverture.

— Oui, maître, répond le jeune garçon en menaçant Ben de son épée pour le faire avancer en direction de Caratacos.

— Et que cherchais-tu à me voler ?

— Je m'appelle Ben et je veux récupérer Al.

— Et je peux savoir qui c'est, ça ?

— C'est l'albatros capable de prendre une forme humaine, informe Ehouarn.

— Ah ! Cette créature. Et qu'est-ce que tu me proposes en échange ?

— Je n'ai rien à t'offrir, déclare Ben.

— Moi, j'ai peut-être une idée. Ehouarn, va chercher Erell.

— Oui, maître, répond le jeune garçon avant de sortir de la chambre.

— Et c'est quoi votre idée ? interroge Ben.

— Si tu arrives à retrouver ton ami avant que Ehouarn et Erell ne te capturent, alors tu pourras repartir avec ce Al. Alors, intéressé ? propose le sorcier Caratacos.

— D'accord, se précipite à dire Ben.

Dans un très léger grincement, la porte de la chambre s'ouvre et laisse entrer Ehouarn et Erell. Cette jeune fille vêtue de la même manière que Ehouarn, à la chevelure rousse coiffée en une tresse. Sans attendre, elle tape des mains et fait apparaître deux poignards.

— Bien, Ehouarn, Erell, je vous présente votre nouvelle cible. Ben, je te laisse quelques secondes d'avance ensuite, eh bien, je te souhaite bon courage, car Ehouarn et Erell

n'ont jamais échoué à capturer leur cible.
— Et ça commence quand ? demande Ben.
— Maintenant. Alors cours, et cours vite, déclare Caratacos en se mettant à rire.

Précipitamment, Ben sort de la chambre et se jette dans les escaliers pour rejoindre l'étage où se trouvent les salles qui contiennent les différentes collections réunies par le sorcier Caratacos.

Courant dans les couloirs, en ouvrant toutes les portes qu'il croise sans prendre le temps de les refermer, Ben finit par entendre du bruit derrière lui, et en se retournant, il découvre la présence de Ehouarn armé de son épée et de Erell armé de ses deux poignards. Précipitamment, les deux serviteurs s'élancent dans le couloir en poussant un rugissement guerrier, alors que Ben se met à fuir le plus vite possible.

CHAPITRE 11

Perdu au milieu des interminables couloirs et des innombrables portes qui l'entourent, Ben cherche désespérément son chemin pour retrouver Al, alors que Ehouarn et Erell sont à sa poursuite.

Tournant à l'angle d'un couloir, Ben entre dans la première salle qu'il trouve et referme la porte derrière lui le plus silencieusement possible. Tout en reprenant son souffle, Ben découvre que la salle où il a trouvé refuge est pleine de pots en argile. Soudain, Ben entend une voix de l'autre côté de la porte.
— Ehouarn, va de ce côté, moi, je vais fouiller les salles de ce couloir, déclare Erell.

— D'accord, répond Ehouarn en s'éloignant rapidement.

Angoissé à l'idée d'être retrouvé, Ben cherche une cachette au milieu de cette salle remplie de pots en argile, qui sont tous de forme, de taille et de couleur différentes. Trouvant un pot assez grand pour y trouver refuge, Ben s'y glisse dedans et du bout des doigts réussit à remettre en place le couvercle qui fermait le pot. Essayant de ralentir sa respiration pour la rendre imperceptible, Ben entend Erell entrer dans la salle.
— Petit, petit, es-tu par ici ? demande à voix haute Erell en parcourant la salle et en faisant glisser la lame de l'un de ses poignards contre les pots d'argile, provoquant un son des plus sinistres.

Couvrant son nez et sa bouche de ses mains pour étouffer le plus possible le bruit de sa respiration, Ben n'entend plus la lame du poignard de Erell racler les parois des pots d'argile. Terrifié, recroquevillé au fond de son pot, Ben essaie d'entendre le moindre son, mais rien, pas le moindre bruissement de vêtement ne se fait entendre dans la salle. Soudain, le bruit de la porte qui se ferme résonne dans la salle. D'abord soulagé, Ben se pétrifie en pensant qu'il s'agit probablement d'un piège et que Erell est caché dans un coin de la pièce et attend qu'il sorte de son pot pour le poignarder.

Après un temps, d'une durée qui lui serait impossible à quantifier, Ben lève ses mains tremblantes et de ses doigts pousse vers le haut le couvercle du pot. Poussant le couvercle, Ben se redresse lentement et passe uniquement le haut de sa tête hors du pot, suffisamment haut pour que ses yeux puissent faire le tour de la pièce pleine de pots. Ben, le souffle court et le ventre tordu à cause de l'angoisse qu'il ressent, sort finalement du pot et repose avec précaution le couvercle.

Approchant de la porte, Ben pose une main sur la poignée, mais avant de la tourner, il essuie la sueur qui recouvre son front, du dos de la main. Abaissant la poignée de la porte et l'entrouvrant d'à peine quelques centimètres, Ben essaie de capter chaque son provenant du couloir, mais n'entend rien. Sortant de la salle des pots, Ben referme délicatement la porte derrière lui pour ne pas faire de bruit et regarde de chaque côté du couloir avant de retourner à la recherche de Al.

Avançant dans le couloir, Ben se dirige à l'opposé de là où il suppose que les deux serviteurs de Caratacos sont allés. Tournant à un angle, Ben progresse dans un nouveau couloir et commence à ouvrir de nouvelles portes, espérant plus qu'avant de trouver la salle de Al le plus vite possible.

Ouvrant une nouvelle porte, Ben découvre une immense salle plongée dans une légère pénombre, remplie d'un nombre incalculable de cages à oiseaux, de toutes tailles, de toutes formes et de toutes matières. Avec espoir, Ben s'engouffre dans la salle et se met à sourire en voyant des oiseaux. Marchant au milieu des cages pleines d'oiseaux, Ben hésite à appeler Al de peur d'attirer l'attention des deux serviteurs du sorcier Caratacos. Lorsque soudain une voix se fait entendre au milieu des multiples chants d'oiseaux.

— Ben. Par ici.

Accélérant le pas, Ben se rapproche le plus rapidement d'une cage beaucoup plus grande que les autres et découvre Al enfermé à l'intérieur. Les deux garçons, soulagés de se retrouver, se prennent par les mains malgré la présence des barreaux.

— Tu n'imagines pas à quel point je suis soulagé de t'avoir retrouvé, déclare Ben.

— Moi aussi, je suis content que tu sois arrivé jusque-là. Mais comment tu comptes me faire sortir de cette cage ? demande Al.

Réfléchissant à toute vitesse, regardant tout autour de lui dans l'espoir de trouver quelque chose qui pourrait l'aider, Ben se fige subitement et plonge une main dans sa poche pour sortir la clef qui lui avait été donnée par Ael.

— C'est quoi cette clef ? demande Al.

— Je crois que ça peut marcher, dit doucement Ben.

N'hésitant pas un seul instant, Ben plonge la clef dans la serrure, la fait tourner et en retenant son souffle, ils entendent un déclic mécanique. La cage ouverte, Al en sort et serre dans ses bras Ben qui lui dit :

— Nous ferions mieux de partir et vite avant que les serviteurs de Caratacos ne remarquent ton évasion.
— Tu as raison, allons-y.

Se prenant par la main et se dirigeant vers la porte pour sortir de cette salle, ils se paralysent en voyant les deux serviteurs de Caratacos. Avançant de quelques pas, Ehouarn armé de son épée et Erell armé de ses deux poignards les fixent du regard.
— Il a réussi, annonce Ehouarn, d'une voix qui laisse entendre sa déception.
— Si on les tue, ici et maintenant, jamais notre maître ne le saura, répond Erell en faisant briller à la lumière ses deux poignards.

Serrant sa main dans celle de Al, Ben recule légèrement, ne voyant pas comment ils pourraient s'en sortir. Lâchant la main de Ben, Al fait un pas en avant et en un instant se recouvre de plumes et déploie ses ailes pour protéger Ben. En menaçant Al et Ben de leurs armes, Ehouarn et Erell se mettent à sourire en approchant de plus en plus d'eux.

Brutalement, faisant violemment claquer contre le mur la porte de la salle, la main géante faite d'obscurité apparaît à l'autre bout de la salle et se rapproche d'eux à toute vitesse et attrape Ehouarn et Erell. Les plaquant au sol, la main faite d'obscurité les immobilise totalement avant qu'une voix ne résonne dans la salle :
— Il a réussi à le retrouver avant que vous ne l'attrapiez, donc amenez-les-moi, vivants et entiers.
— À vos ordres, maître, répond Ehouarn.

Doucement, la main faite d'obscurité disparaît et Ehouarn et Erell se relèvent avant de se diriger vers la porte de la salle. Avec méfiance, Al et Ben se rapprochent des deux serviteurs de Caratacos qui les attendent à côté de la porte. Quittant la salle des cages à oiseaux, Ben et Al suivent en silence Ehouarn et Erell qui les guident à travers les couloirs pour rejoindre l'escalier qui donne accès à la chambre de Caratacos.

CHAPITRE 12

Debout, devant le lit de Caratacos, Ben et Al restent silencieux, alors que Ehouarn reste près de la porte et que Erell sort de la pièce. Simplement vêtu d'un peignoir, Caratacos se lève de son lit, se rapproche du mur et tire les épais rideaux qui cachent la grande fenêtre, illuminant violemment la chambre avant de déclarer :
— Finalement, tu as réussi. Je dois avouer que je ne te pensais pas capable d'y arriver.
— Et vous allez nous laisser partir ? demande Ben.
— Au départ, c'est ce que nous avions convenu, mais je me demande si je ne pourrais pas profiter de cette situation. Peut-être que

vous pourriez travailler pour moi.

— Merci, mais non merci, répond Ben sur un ton catégorique.

— Dommage, répond d'une voix déçue Caratacos avant de se laisser tomber sur son lit.

— On peut partir maintenant ? demande Al.

— Oui, oui. Ehouarn, raccompagne-les jusqu'à la porte, veux-tu ? demande Caratacos en agitant négligemment une main.

— Oui, maître.

D'un pas pressé, de peur de voir Caratacos changer subitement d'avis, Ben, Al et Ehouarn marchent côte à côte et descendent prestement les différents escaliers jusqu'à arriver dans le grand hall du manoir. Saluant sobrement Ehouarn, Ben et Al passent la porte du manoir et soupirent de soulagement lorsque cette dernière se referme.

— Par où on va maintenant ? demande Al.

— C'est de ce côté. Normalement, Ael nous attend toujours, répond Ben en s'éloignant du manoir du sorcier Caratacos.

— Ael ? Alors, tu as rencontré la sorcière Agrona ?

— Oui, et j'ai également réussi à récupérer son épée d'émeraude.
— Vraiment ? demande Al sans cacher son étonnement.
— Oui, c'est une histoire plutôt longue, alors je te la raconterai plus tard.
— D'accord, répond Al en passant les grilles de fer qui marquent l'entrée du domaine de Caratacos.

Marchant à l'ombre de la végétation, Ben et Al se dirigent rapidement vers le rivage de l'île à l'endroit où les attend Ael. Ce dernier, assis dans la barque, en les entendant approcher du rivage puis du ponton, se lève et leur fait signe. Montant à bord de la barque et détachant la corde qui la retenait au ponton, Al et Ben quittent l'île de Caratacos, grâce à Ael qui porte les premiers coups de rame.

Paisiblement, la barque fend les vagues et se dirige sans difficulté vers l'île de la sorcière Agrona. Accompagné du chant des mouettes qui les survolent, Ben raconte Al son périple pour récupérer l'épée d'émeraude.

Arrivés à quai, Ben et Al suivent Ael jusqu'au manoir de Agrona. En entrant dans le manoir, ils sont accueillis par Aela qui leur fait signe d'aller dans le salon, alors qu'elle se dirige vers le premier étage. En entrant dans le salon, Al s'approche de la cheminée, pendant que Ben s'assoit sur le canapé et que Ael se dirige tranquillement vers la cuisine. En peu de temps, Aela refait son apparition avec à ses côtés Agrona qui affiche un large sourire de satisfaction. S'installant sur le canapé à côté de Ben, Agrona lui dit :
— Tu as vraiment un don pour réussir les missions compliquées. Je devrais vraiment faire de toi l'un de mes serviteurs.
— Non merci. Maintenant, je veux juste rentrer chez moi, répond Ben en se levant du canapé et en se rapprochant de Al.
— Je vois. C'est dommage. Pour rentrer chez toi, il te suffit de retraverser le miroir qui t'a conduit ici.
— Et Al ?
— Quoi, Al ? interroge Agrona.
— Est-ce qu'il peut venir avec moi ? demande Ben en prenant la main de Al.
— Al, ça te plairait de repartir avec lui ?

— Oui, répond en toute hâte Al.

Réfléchissant un instant, la sorcière Agrona attrape sa pipe, l'allume et en soufflant une volute de fumée déclare :

— Al, travaille pour moi encore une année. Et en plus de te rendre ta liberté, je ferai de toi un humain à part entière.

— Vraiment ? interroge Al.

— Je n'ai qu'une parole, annonce fièrement Argona.

— Merci, dit Ben en regardant d'abord la sorcière avant de plonger son regard dans celui de Al qui sourit.

— Al, raccompagne-le de l'autre côté du miroir et reviens aussitôt, j'ai déjà une mission pour toi, intervient Agrona en soufflant une autre volute de fumée.

— Merci. Vous ne le regretterez pas, dit Al.

— Allez, fichez le camp vous deux, avant que je ne change d'avis ! s'exclame Agrona.

Promptement, Ben et Al quittent le salon et traversent le hall pour monter les marches de l'escalier et rejoindre la chambre où se trouve le miroir. De retour dans la chambre, Ben change rapidement de vêtement, alors que Al

fait face au miroir qui donne toujours accès à la version abandonnée du manoir. À nouveau vêtu uniquement de son maillot de bain, Ben se rapproche de Al et lui prend la main.
— Prêt à repartir ? demande Al.
— Oui, répond légèrement à regret Ben.

Après avoir franchi le miroir, Ben et Al sont de retour dans le manoir abandonné. Approchant d'une fenêtre, ils découvrent que la pluie a cessé et que le jour est sur le point de se lever. Sortant de la chambre, descendant le grand escalier et sortant du vieux manoir abandonné, Ben et Al prennent le chemin du petit portail en bois et marchent d'un pas mesuré en direction de la plage.

Quittant l'obscurité créée par la végétation, Al et Ben arrivent sur la plage, alors que lentement le soleil apparaît à l'horizon. Éclairés par les premiers rayons du soleil, les deux garçons se prennent les mains et pendant que leurs regards se plongent l'un dans l'autre, Al sourit tendrement à Ben qui lui demande un peu tremblant :
— Est-ce que l'on se reverra ? Avant l'année

prochaine ?

— Je ne sais pas. Mais je pourrai toujours essayer de venir te voir.

— Et comment, je vais expliquer ta disparition à tante Emma ?

— Ne t'inquiète pas pour ça, mon existence va s'effacer progressivement de sa mémoire.

— Et de ma mémoire également ? demande Ben sans cacher son inquiétude.

— Tu serais vraiment capable d'oublier ça ? demande Al avant d'embrasser fougueusement Ben.

— Non, ça, c'est impossible à oublier, répond Ben en souriant.

S'embrassant une dernière fois, leurs doigts se séparant lentement et à regret, Ben et Al continuent de se sourire, alors que Ben marche sur le sable et glisse lentement dans l'eau pour effectuer la traversée et rentrer chez sa tante.

Alors que la pluie glaciale continue de marteler la vitre, une sensation de brûlure sort Ben de sa rêverie. Comprenant ce qui est à l'origine de cette sensation désagréable, il retire sa jambe qui était collée contre le radiateur du bus. Doucement, dans un bruit strident, le véhicule ralentit, Ben se lève, ramasse son sac de classe qui était entre ses jambes et sort du bus. Relevant le col de son blouson, Ben enfonce sa tête entre ses épaules, pour se protéger du froid hivernal. Regardant le ciel nuageux d'où tombe sans discontinuer depuis plusieurs jours une pluie battante, Ben avance dans les rues glaciales. En repensant à sa douce rêverie dont l'atmosphère brûlante le hante encore, il souhaite que l'été arrive rapidement. Car le moment venu, il sait qu'il ne regardera plus les albatros ni aucun autre oiseau terrestre ou marin de la même manière.

Fin.

POSTFACE

Chères lectrices, chers lecteurs,

Vous venez de lire l'histoire « L'albatros ou l'été de mes seize ans ». Vous avez donc, sans le savoir, participé à une petite expérience personnelle ou, devrais-je dire à une toute petite vengeance personnelle. N'y voyez donc aucune fourberie ni aucune malice de ma part, juste la volonté de découvrir si la mention « une histoire inspirée de faits réels » a vraiment un impact sur les lectrices et les lecteurs.

Et la question que vous devez vous poser est : qu'est-ce qui m'a poussé à faire ça ? Eh bien, il arrive souvent lors des salons du livre auxquels je participe que des gens fassent la grimace en voyant que j'écris du fantastique ou de la fantasy, et certains vont même jusqu'à me dire qu'il faudrait peut-être que je pense à écrire de vrais livres, pour de vrais gens et qui parlent de vrais gens. Ce qui est, il faut l'avouer, un peu irritant d'entendre ces gens estimer que certaines lectrices ou certains lecteurs ne sont pas de vraies gens parce qu'ils ne lisent pas les mêmes livres qu'eux.

C'est pour cela que j'ai écrit ce livre. Et il faut bien l'avouer, le terme « une histoire inspirée de faits réels » désigne énormément de choses sans pour autant être un gage d'assurance que l'histoire qui va vous être présentée est bel et bien véridique. Pensons donc à tous ces films d'horreur qui affichent fièrement cette mention, alors que leurs histoires sont intégralement inventées.

Donc dans l'histoire que vous venez de lire, mis à part le premier paragraphe du premier chapitre et le dernier paragraphe du dernier chapitre, tout ce qui vous a été présenté est une création personnelle. Car il y a maintenant plusieurs années, lorsque j'étais encore au lycée, le soir, pour passer le temps, je m'imaginais des histoires, soit dans des univers réalistes, soit dans des univers totalement fictifs pour pouvoir vivre des aventures extraordinaires. Et l'histoire que vous avez lue aurait très bien pu être l'une de ces rêveries qui ne duraient que quelques dizaines de minutes. Tout juste le temps pour moi de rentrer à la maison.

J'espère que vous ne m'en tiendrez pas rigueur et, chères lectrices, chers lecteurs, j'espère vous revoir bientôt plonger entre les pages d'une autre histoire de ma création.

Nous nous reverrons.

Récit du quarante-neuvième univers de la bibliothèque du multivers.